U0131228

POINT 005

向某些 自己道別

陳樂融 著

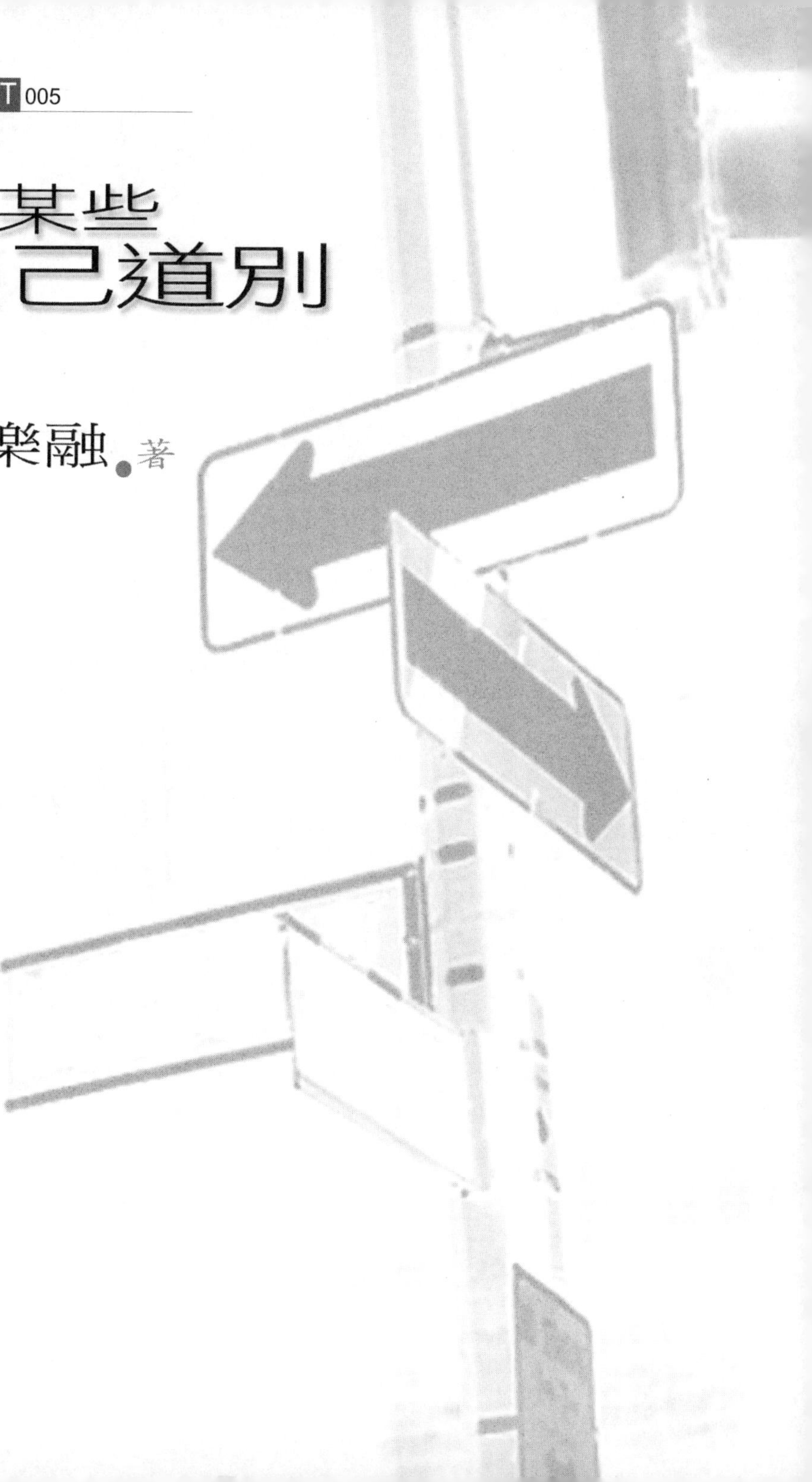

向某些自己道別

目次

輯一　快樂王子的舞台

輯三　我不是林黛玉

輯四　在有星星的夜晚買彩券

輯五　荊棘地裡尋訪玫瑰

輯六　我們只能創作自己的

輯七 最後的鑑賞家

【序】新情歌背後的老堅持

楊照

寫專欄需要高度紀律，寫電子報上的專欄更需要高度自主紀律。網路空間特殊的自由形式，不像其他平面或電子媒體那樣，有固定的量的要求。你可以高興寫多少就寫多少。換個角度看，你不高興沒寫了，網路上也沒有「開天窗」的問題。所以不會有編輯、製作人，十萬火急、不屈不撓地一定要找到你交稿不可。

兩種人可以在網路上維持固定的專欄。一種是內在洶湧著強烈、不歇的「發言衝動」的人。他有話想說，尤其有許多沒辦法在其他地方用其他形式發表的話。另一種則是擁有強大主觀意志力的人，他自己決定時間到了該交稿了，不會找藉口也不必找靈感，下筆就寫就必定交稿。

我既非前者亦非後者，所以我的電子報專欄就清楚反映了懶散與無紀律。不只有脫期紀錄，還有上個星期寫了上篇，下篇卻難產寫不出來，只好改個題目寫別的，這種烏龍狀況。陳樂融跟我在同一個網站上開專欄，而且用了不只一個名字開了不只一個專欄。我固定收到讀到他的電子報專欄文章，很早就發現他應該是個具備高度紀律心靈的人。

後來認識陳樂融，證明我的印象我的猜測沒錯。陳樂融其實是個有著許多老式老派工作堅持的人。別誤會我的意思，我不是說他看起來像個老式老派的人，而是在某些生活與工作態度上，他比一般人想像的老式老派。

他的老式老派不是穿三件式西裝梳油頭的那種。他的老式老派也不是滿口成語官話的那種。別忘了，十幾二十年來，他一直是台灣流行音樂界的大將，貢獻了許多流行歌詞，他也是廣播娛樂節目的一線主持人，如果他有一絲一毫那種老式老派氣息，怎麼可能在那行待得下來？

陳樂融的老式老派表現在他相信人生是有道理有原則的，而且有很多道理很多原則。陳樂融的老式老派表現在他對自己相信的這些道理、原則，極度堅持，不肯隨便讓步改變。陳樂融的老式老派表現在他會不憚嘮叨、不避繁瑣地，將這些道理與原則，反覆拿來衡量這個社會上發生的種種事情，反覆宣示他的評斷，耐心說服別人接受他的評斷。這是維持陳樂融寫作長年活力的關鍵，這恐怕也是陳樂融在娛樂界能夠闖蕩出名聲與地位的關鍵。他在根本價值的層次上，其實和娛樂界的整體氣氛大異其趣。具備這樣條件，才使得陳樂融能對人際關係的種種幽微細膩之處，總不輕易放過。多年來他不懈地探究的，不只是社會表層浮現跳躍的人際現象，而是人際應有的、不變的道理與原則。

我不覺得陳樂融工作的那個圈圈有多少人同情、理解他的老式老派態度，然而從結果上看，我們卻不得不承認：惟有願意以眞心眞情挖出某種追求永久道理原則的渴求，才有辦法打動人心，才有辦法娛樂更多的人。

陳樂融寫過很多新的情歌，然而讀他的書你就會知道，藏在這些新歌背後的，其實都是些老式老派、正式正派的道理原則。這是陳樂融的流行祕訣。這也是陳樂融自我紀律精神的來源。

【自序】

親愛的，我們每一刻都在招呼與道別

陳樂融

道別是什麼？

我們都經歷過或正在體驗不同形式的道別。

畢業，失戀，絕交，離婚，離家，離鄉，搬家，出國，辭職，轉職，退休，失業，生病，失能，死亡。

有的是出於主動，有的時候你被動。

有的你以爲是主動一方，結果眞相是你被「玩」、被「耍」、被「設計」了；

有的你以爲你是無辜的被動者，眞相是你的潛意識不斷加柴添火地讓那一刻發生。

有的道別是對人、事、物等實體（如朋友反目、戒菸或掉手機），有的是對心情、感受、思想、意念和時光等虛擬（如怎麼也想不起的某種快樂、民族主義、性高潮或青春期）。

有的是暫時分開，有的是永久。

有的一開始以爲是暫時，結果變成終生平行線；有的開始以爲是再也不相逢，卻意想不到地又碰面。

有的道別讓你開心解脫歡呼，更多的讓你煩惱、憂愁、憤怒、恐懼或茫然。

有的走得乾淨，走得徹底，連根拔起，改頭換面；有的反反覆覆、進進退退，百轉千折，午夜夢迴。

有的道別不知不覺，如你的細胞每刻都在死亡，如空氣進出胸腔，如四季變化；有的則充滿驚天動地的音響或特效，戲劇張力特強，在自我的意念加工下，對意識和潛意識狠狠地劃下一刀，日後還出版了不同的「精選輯」。

更輕易的道別

現代世界，告別一個人、事、物，恐怕是更容易的了。

那麼多的資訊、題材、潮流或活動，那麼多本周特賣或每日一物，那麼多製造出的新聞、新知和新鮮貨，那麼多的偶像、天王、大師或英雄。

那麼多立刻被丟棄、被存檔、被備分的記憶容量，那麼多的萍水相逢或邂逅，那麼多的萬人演唱會或遊行，那麼多連線格鬥、戀愛、聊天、賭博或轉寄。

然後，我們會越來越習於別離。關機，換手機，離線，暫停接聽，搬家，清倉，移民，行動辦公室，國際化，去中心化，再戀愛，散場，倒數，GAME OVER。

然後，我們終究不再擁有習俗、傳統、來處或歸宿？我們在每個碰撞裡找尋當下的一點安慰或麻痺。不再相信永恆。善於遺忘。

人類中的少數幸運者憑藉個性、外表、家世、知識、財富、健康，從國家、民族、體制、語言、鄉土、性別、愛情或人際關係強大的網絡中，享有比一般人更大的「自由」——這些人似乎更有資格輕易告別或經常主導告別。

但這些人的「自由」很可能只是一種「自主感」，在上蒼眼中，你逃出了一些束縛，不過落入另一個大一點點的牢籠罷了。

透明的牢籠比可見的牢籠更可怕。無聲無息的死亡比哭天喊地的死亡更值得警惕。

沒有止境的道別

跨越不同職場、文體、職能與身分，旁人眼中的我常常在改變。自知之明的我知道所變不多——或者說距離「心嚮往之」的榜樣或境界還差得太遠、變得太慢。

我還是有那麼多的圈圈在兜，那麼多的意志不堅，那麼多「前功盡棄」或「毀於一旦」，那麼多染著牽絆。

還是有那麼多自己的喜好和限制，還在用自己的方式尋找，還不懂得眞正的臣服和依止。

但這條路畢竟是愉快和豐盈地走過來的，畢竟是有很多福報和幸運地走過來的。畢竟是越來越懂得把逆境看成順境，把冤家看成貴人地走過來了。

人生半途，終於看清：自己還不夠善別離。儘管旁人眼中的我脫不了一絲孤芳自賞、踽踽獨行，但我深深覺察到生命裡還有更多要超越的部分。

本書的文章曾在網路家庭www.epaper.com.tw「名家專欄」或《自由時報》花編副刊刊出。部分以網站形式保留，更多只存在過讀者交會的片刻。謝謝這兩個媒體園地，特別是epaper電子報從二〇〇〇年起敦促我每周寫稿至今，讓我在網路原生內容領域，毫無規範與限制地喃喃自語了兩年多，是我個人創作歷程中非常重要且特殊的經驗。

也謝謝楊宗潤介紹出版結集成書，楊照爲我作序。

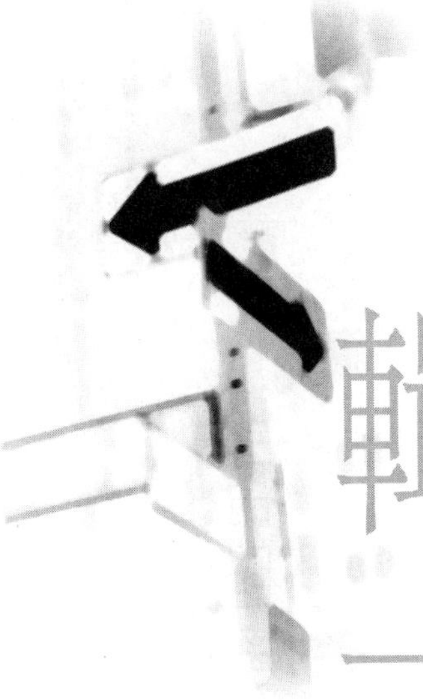

輯一

當我打開心窗

生命的三不政策

每個人會找到自己該走的路，只希望也都能好好品嘗自己的教訓。

家裡音響用了近十年，繼卡座會咬帶後，ＣＤ唱盤也局部故障，每張片子只能聽到第十首——也就是說我永遠聽不到《流星花園》原聲帶裡包括戴佩妮的片尾曲在內的後五首歌。

這是一種有趣的人格與心理訓練。不知道結局，永遠無法知道後續發展，必須割捨，而後退出片子，收起來，聽下一張。唯一不用這麼悲情的做法是帶到公司，用比較差但是至少規規矩矩跑完的廉價音響聽ＣＤ。

活得越久，越知道很多事不一定會有結局。不喜歡看電影「開放式結尾」的人，不曉得面對人生要怎麼辦？人生是由你與別人千絲萬縷組成的，任一節點出了問題都可能使事情「出問題」。喜歡向別人要答案、吵著要交代的人，可能受挫感會滿深的，而且注定在二十一世紀越來越深。

一份書稿e-mail出去了，沒有回信說收到了，等上兩周主動打電話去，負責人說收到了，不好意思沒回信，還在考慮。再過一個月，回信來了，說不習慣看抒情的我轉型——其實我在寫作之路上哪有定型——但對與我合作還是有興趣的，下次再說吧！我馬上回信致意，畢竟人家明白退稿了嘛，這在現代社會不容易耶。

參與歌詞比稿，沒被用，也不回覆；談得好好的大陸出版計畫無疾而終，隔岸催詢，沒下文；寫完的整齣驚悚黑色舞台劇本，擱上大半年等找導演，找到後說導演有意見，再後來就絕口不提了；一次談過後要再細談的工作或合作計畫，從此無影無蹤；在路上巧遇後交換名片滿口熱烈要約碰面聊聊，彼此事忙也就覺得無甚緊急，再拖下去更覺得沒有非聊不可的靈魂需求……太多太多。

友誼及感情上，覺得好像做了什麼小幅度的承諾，最後卻被忘得一乾二淨，更是再遲鈍的人也常碰的吧。難怪這社會越來越多打屁的人與打屁的時刻，因爲沒有什麼可以堅定的，沒有。認眞的人最滑稽，最認眞的人最易給人壓力。

最近又在燠熱無比的天氣裡籌畫好幾樣新的事情，結局會如何，我一點也不知道。到底能帶我向上提升或向下沉淪，我也不清楚。只知道：「現在做不成的未必是錯過，現在能開始的未必有好發展，現在想做的未必長期會喜歡」——這是我的「生命三不政策」？

常在朋友派對上以塔羅牌占卜，看出同樣是求問，每個人的個性才是決定未來的關鍵。想換工作的人，即便算出新工作不佳，還是會想找出理由替對方合理化，或者一心要翻案，希望牌能符合自己心之所欲，給予自己做決定的肯定。遇上這種人，通常我不會阻攔——我不相信「鐵口直斷」的命理研究人士——每個人會找到自己該走的路，只希望也都能好好品嘗自己的教訓。

儘可以積極進取，但也不妨隨緣而行——認爲我這種想法太消極的人，祝你們好運啊。

聊天室的女孩與老房子的女人

女性眞的不一樣了，但獲取幸福在哪一個時代都艱難。

聽著劉若英的精選集《收穫》，許多有個性而溫柔的女性思維在暴雨的下午朗朗唱著，我卻想著剛看完的一本書和一間屋子。

書是兩個報社記者親身架了色情聊天網站後，描述現代女性情色冒險的報導紀錄，屋子是朋友剛買下的老社區裡必須大幅改裝的新家，一個離婚婦人搬出五年後才終於成交。

兩個都是「家」，一個實體一個虛擬，都是我們肉身與靈魂之所寓，卻讓我對我所不知的他人世界產生一些聯想。

老房子裡堆滿未清運的雜物，冰箱、床、櫃、桌椅之外，還有書、面紙盒、成套英語教材、酒瓶、衣服、衣架、選舉公告、恭喜發財紅貼紙、月曆、名片等無數日用品。似乎屋主決定離開時，只挑走她要帶的某些東西，而把大部分的回憶乾乾脆脆地丟在這個塵封漏水的房子裡。

我眼光細細掃射舊屋主留下的書和檔案夾，發現若干我成長期讀過的書與雜誌（甚至還有一本我小學高年級時鍾情的作文範本《一頁一小品》），也許可以拼湊出他們的背景，夫婦都是外省籍，先生經商或從事經貿方面的公職，太太是公教人員，兩人都算是讀書人，曾經相敬如賓，在二十多年前搬進這個推出時頗轟動的山坡社區，以為會終老於此。

看不出小孩的生活痕跡，也許早就長大搬出去，也許兩人從來膝下猶虛。然後呢？純粹陪伴別人而來的我努力幻想著：先生出軌，終於兩人離婚？太太又獨居了幾年，頂樓漏水情況越來越嚴重，無力負擔屋頂防水改建工程、也怕拖下去房屋增值稅高得嚇死人的她，終於放棄這塊記憶超載的地方。

客廳窗外的景還不錯，東側是有蟬聲有濃蔭的山坡，西側有一棵巨大的鳳凰木，好多黃色的小蝴蝶在樹梢飛舞。等候太久而無聊的我，俯視樓下寬闊陽台上迎風招展的衣物，竟然，不知怎地，有一點小小小的衝動，想縱身往下……

這樣私密的念頭一閃而過，卻被後來到場開工拜拜的一個工人說破，在我的買主朋友面前，他好像要讚美卻產生一絲挖苦效果道：「這房子要有錢人才能住，要有一億元才行！窮人看到整片這麼大的落地窗，早就往下跳了！」

顯然，那個失婚的女人沒有往下跳，她選擇搬走，留下許多垃圾。那些雜物不像仔細整理行李過後棄置在此，而像隨手翻撿後粗暴地散落在房間各個角落。我朋友搖頭道：「一個女人可以把家搞成這麼亂?!」我猜想她在離去前已經很沒有生活情趣，也懶得管生活品質地過了很久了。最後，也許她是故意這麼做的。

房裡主臥室裡留下一本確定是屋裡最新的書《情色男女非常話題》，台北之音非常DJ黎明柔最紅時期，把節目中討論的一夜情、通姦、性能力等話題結集出的書。這本一九九六年出版的話題書留在一個充滿保守品味的中年離婚婦女的主臥室裡，呈現出果然「非常」的意象。

上一代在婚姻中不幸福或後來離婚的婦女，一定沒想到我同一天下午讀到的網路性愛實錄裡，現代高中和大學女生能過得如此「非常」的性生活：網交（戀）、電交（愛）、一夜情、援交——不一定附著於破碎家庭、恐龍妹、拜金等媒體報導的刻板印象，活生生正在數位空間裡普遍上演著。

也就是說，二十或二十以下這一代，多得是避孕觀念未必良好、貞操觀念卻已徹底解放的女子，不在乎自己是不是處女，性與愛也不一定結合，可能不怎麼嚮往談戀愛，卻不排斥當第三者，可能已有男朋友卻不認爲有必要保持忠實。

可以仍然被言情小說、流行歌曲、通俗電視劇煽動流淚，又建立起一個相當堅固的心靈之繭，以天眞的個性放浪的姿勢，行走於虛擬與眞實之間，對髒話和露骨的性語言先嫺熟而泰然，對如何取悅身體這碼子事充滿多套標準，對自己未來的原則與防線也高度彈性——簡單說，明天還不必預料，因爲她們還不想去知道。

女性眞的不一樣了，但獲取幸福在哪一個時代都艱難。也許在別人面前脫下衣物的我們越來越大膽純熟，但是尋找幸福的方式依然缺乏操作手冊。很多人選擇縱身從高處墜下，更多人選擇讓太陽西沉、蜷縮在椅上任黑暗一點點將自己吞噬，墮落得不知不覺。

那不可能謀面的房屋前任主人，現在可會在網上尋找什麼?!

告別儀式

人變了，很難變回原狀，但是，關係卻能重新創造。

收拾，不只是重新排列，常常也得割捨。準備搬家，先該打量哪些東西需要扔，哪些可以帶著去陪我度新生活。

於是，繼數年前一次大清倉後，又一次把許多厚重的雜誌、剪報，扔了。媽媽幫忙捆紅塑膠繩，我一趟趟坐電梯拿下樓資源回收，櫃子立刻空了不少。那些曾想要儲存運用的政治、經濟、科技、文化、旅遊、網路、健康、電影、音樂等資料，幾年來幾乎從未用到，統統再見吧。就算大部分資料未必能在今日的網路上見，還是，再見吧！

這世界還會有無數讀也讀不完、查也查不盡的常識與知識，可是，在星期天此刻仰望的藍天下，呼吸已是眞理，我一點都不需要它們。

把書刊送人與回收，看似惜物，其實還是減輕個人負擔的成分多，藉以參與文明的流傳機率小。我曾讀到的、曾影響我的，活生生在我的基因與命運中；我未曾領略的、注定不需要的，又何妨讓它走得乾淨。盡信書不如無書，藏書也未必可增長智慧。

大概今年眞是我的「破壞之年」，心思在下半年進入塔羅牌流年「死神」後更加容許奔放、變形起來，連新居都選在「十三」樓。曾長期是我老闆的彭國華先生英年早逝，讓一切合理起來：「把握吧！清點吧！想想自己要什麼、不要什麼吧！」怕什麼？該來的躲也躲不過。

因彭先生追思禮拜和幾個老朋友聯絡上，有的進行「和解」，有的只是重新加溫。先不管新建立的聯繫能禁得過時光之流多久的洗刷，去做這件事對今日的我是有意義的；一如丟掉一些有形的物件，對今日的我也是有意義的。只要誠懇，無分取予，一切都能有意義。

媽媽看我丟資料丟得乾脆，冷不防說了句半玩笑語：「把爸爸媽媽也丟了吧！」我知道是素無安全感的媽媽對老孩子即將搬出家的不捨，所以沉默。我沒有辦法完全想好未來的每一種處境，可是想好了，也感覺好了，要變動。他們會看到我的表現，會參與我新的局面。

去爲脊柱側彎問題照X光，醫生說骨頭眞彎了就不能直回來。可是復建或整脊能調整關節與關節的關係。人變了，很難變回原狀，但是，關係卻能重新創造，不是嗎？

和好朋友第三度在七夕去沙崙海邊看夜空中的煙火、爆竹、天燈，也對人潮與來回車潮反感升高。和對方說：「明年，就別去了吧！」不是固定做某件事才能叫做「儀式」，取消，也能成爲一種儀式。

過幾天，該開始丟占據櫃子最大宗，從學生時代就留下的各種信件、稿件了。

亂世小屋

我現在要來試試，不靠什麼人給我誓約，自己建立更多的安全感。

新家終於告一段落。兩周內可以油漆補漆退場，窗明几淨，有音響讓我安適地穿梭在音樂中。我很感謝。

多虧爸媽、好友和愛人的支持，也慶幸自己夠堅強地學會處理更多事。有了自己的屋子，對絕大多數人來說，是個世俗的美夢。

當然還剩下洗衣機、電冰箱、傳眞機、除濕機、熨斗等大小家電沒買定，可是心情放緩，不再給別人和自己壓力；生活機能，可以有許多替代方案。

原先最擔憂爸媽的態度，現在看來好像還算適應。十餘年前曾明確反對我搬出去住的母親，從我決定買屋後，默默做好心理建設，依然辛勞地協助我完成購屋的眾多法律及財務細節。

爸爸更可憐，被看準我能得到他的關心與信任，總是比母親更晚才知道我的決定。雖然他已經沒有力氣幫我打包搬運，卻主動提出請客慶祝我新居落成。

而眞相是：幾個月來，看似「翅膀硬了」的我，一直忐忑不安地往前遂行中年離家獨居的事實。刻意選擇離家步行十分鐘可達的區域，邀請爸媽與妹妹會勘房子，維持一周三、四次回老家吃晚飯，甚至考慮將就我的長餐桌的一端，偶爾邀爸媽來打三人麻將。

是媽媽在我搬家前幾周大量丟棄舊信時，半開玩笑地說了句：「要不要把爸媽也丟掉？」讓我耿耿於懷——我決定要盡量做到最高規格的「和平轉移」。

追尋自我的過程，總要付出代價，總可能與原有的機制與環境衝撞，也總可能有人要孤單或失落。對一個年近四十住在家中、家庭人口簡單、和父母互相依存度高的未婚男子，一旦買房子搬出去住，更非小事。

一位風水命理師說：「你今年如果沒有買房子，明年大概就不會、也不想搬出來了。」另一位星座專家也說今年注定花筆大錢。而塔羅牌的生命流年更直指今年我是「死神」，一個破而後立的階段。果眞是如此，我順服於這奇特的緣分。

雖然又背起了貸款，面北的高樓風大，燒開水還會忘記把壺嘴關上，一個人在家難免對一動一靜特別敏感緊張——此刻的我還是無悔，晚熟地學習獨居及照顧自己。

開玩笑對朋友說在這麼不景氣的時候，不顧政局動盪，不圖西進，違背《富爸爸窮爸爸》暢銷書的指示，花錢買房子，除了表明我是「根留台灣」、「愛台灣」的人，沒別的解釋了。

新家往西看得到目前台灣第一高樓新光人壽大樓，往北正對富邦和國泰人壽總部大樓，往東，國貿大樓旁日夜趕工的是未來台灣第一高樓「台北一〇一」。在所有影響台灣政治經濟的舞台上，我只是個台下看戲兼爲了自己理想跑堂的小人物，卻能安安靜靜地在寫稿的書桌前看到遠山和雲，是多麼幸福。

三十八歲的胡蘭成和二十三歲的張愛玲結婚約書上寫：「願使歲月靜好，現世安穩」，當然他沒有實踐，讓張愛玲流淚抑鬱多年。我現在要來試試，不靠什麼人給我誓約，自己建立更多的安全感——「重新定居」，只是第一步。

杜甫已經把「安得廣廈千萬間，大庇天下寒士盡歡顏」這樣氣魄和悲願的話都說了，我就祝福大家都能與內在的安全感合一吧。

當我打開心窗

拆不下來的窗難道是一種監牢？代替我們一層一層把灰塵染上。

因爲有了窗，所以喜歡眺望。因爲有了窗，所以需要擦窗。窗戶做得很大，可是窗外卻無處落腳，怎麼擦窗，變成一個問號。從買屋到交屋，沒注意窗戶上的變化，自己搬進來住，窗子卻很快變髒。以爲大雨來時，可以順勢沖走窗上的塵垢。結果雨停了，早起發現：窗戶變得更髒。

把愛人送的小老虎布偶，放在窗檯。讓無法在森林中奔跑的牠，面向窗外。牠長長的尾巴拖在桌上，兩手撐著，眞的像人坐在河堤上，兩腳垂著冥想。

可惜牠望出去的窗子越來越花，十三樓的view不錯，可以一直望到仁愛路上，有時看飛機朝東方爬起，飛翔。

請人來估價。一個姿態有點高的專業清潔公司半天工開價四千多元。愛人偷偷說：「好貴！不如你給我三千，我來擦。」

在十三樓的窗外，無可依恃，其實有安全上的顧慮。我很希望窗明几淨，可是不希望有任何人墜樓。

不管他拿的是三千或四千元，其實都不該爲了風景墜下。

我還沒把主意拿定。拆不下來的窗難道是一種監牢？代替我們一層一層把灰塵染上。

我們無藥可救，無法可想。清潔公司的經理有點睥睨地說：「很多室內設計不考慮未來的保養方便，再漂亮的東西一下就髒。」

這時翻起美國比丘尼的書《當生命陷落時——與逆境共處的智慧》，發現也應該把這筆帳算上。

「在追求安全或完美的過程中，一旦感覺肯定、完整、自給自足、安適，便開心起來，這都算是一種死亡。……因爲我們遲早都會碰到自己無法掌控的事。」她說。

「得不斷地被拋出巢外，不斷地進入無人之境，保持清新，鮮活地體驗每一個當下。活著，就是要一次次地死亡。」

我死了。在片片灰塵、道道油漬中，死著。大地髒了又淨，淨了又髒，其實都在變化，卻又一無變化。

死又是生。我活著，活著而注意到窗上的變化，注意自己的每個念頭，比較大片的起伏波浪。

我在看自己的情緒，自己的暴力，自己的害怕。我在學著慈悲自己，也許有天，可以慈悲別人。

窗戶是擦是不擦，還未有解答。我伸向手搆得著的地方，繼續擦；剩下的，繼續花。

有一天，這棟大樓也倒下了，在荒煙蔓草間，塵埃被露水洗淨，磚瓦和鋼筋變了模樣。也許，那時候，也不需要窗了。

也許那時候，我已眞正打開心窗。

報告！我有這些東西

對生命，我有太多問題。還是，其實，我們就「是」一個問題？

我有一隻絨毛狗，在CD櫃上。我有一隻絨毛虎，在窗檯上。

我有一隻青瓷的長頸鹿，在達賴喇嘛的相片旁邊，還有兩隻很像貓的布老虎和一隻絨毛長頸鹿，在放著我所有著作的架上。

我有一張林海的鋼琴CD《月光邊境》，播放著陪我寫稿。果陀劇場美麗的團長靈玉，有次聊天後忍不住起身去抄了他的專輯資料。

我有一株越來越繁茂的姑婆芋（花市的人技巧地說是「觀音蓮」）在客廳，一株冷靜自持到很不像它名字的富貴樹在房間。

我的餐桌上有三束一百的黃玫瑰，書桌後有進入第二周的紫色星辰花，和十元一盆的萬壽菊。

我有一屋子的空氣，和許多不請自來的蚊子。蚊子不曉得到底從哪兒來，而且常一夜醒來，發現牠們三三兩兩自己死在臥室和浴室。

我有十萬人以上的電子報訂戶，可是只有少許人會寫信給我，一般只有個位數回應。但也會出現如上一篇專欄刊出，有三位網友同時推薦我特力屋有賣高樓窗戶磁吸擦拭器這種事。

E．佛洛姆（請注意不是哈利波特裡的「佛地魔」喔），我喜歡的心理學家，說：「現代的消費者可以用下面的公式來認定自己：我是＝我所占有和消費的東西。」

他一定反對我剛才所用的各種「我有……」的用語。認爲那些東西在實質意義上不屬於我們，人類濫用「我有……」的思考模式，只會喪失「我是……」的反省和追求。

「我是」是傾向自足的，「我有」是傾向外求的。按佛洛姆的解釋，「我是」

是「以一種欣悅的心態，以生生不息的態度展現自己的生命能力，跟世界合一」。相對於這種「合一」，一味講求「我有」則會間接導致一種「貯藏及併吞世界」的態度。

「我是」是看著一朵花，讚嘆花而與花無涉，不需要把它摘下。可是這與現代大眾每天浸淫的商業與媒體環境，無異南轅北轍。

現代是爲了大減價買了漂亮花器回來，然後再去買花回來裝飾花器的生活。城市是用某個小欲望的滿足勾引大欲望的欲望養成學校。

最早的佛教和基督教社團堅持徹底放棄財物。馬太福音：「不要爲你自己在地上積攢財寶，那裡蟲可蛀，鏽可蝕，賊可偷。」路加與馬太福音：「你們貧窮的人有福了。」古印度巴利文佛教經典：「拋棄妻兒父母，拋棄錢財、穀物和親屬，拋棄一切愛欲，讓他像犀牛角一樣獨自遊蕩。」

而現在的宗教、僞宗教、類宗教階級集團，幾乎沒有哪個不請會計師幫忙處理龐大的轉投資問題了。連哈利波特的學校都有龐大的校產和存款呢。

我有一個復古鬧鐘，在案頭提醒我時光的流逝。有一套前任屋主留下來的沙發，則在時光中慢慢磨損塌陷。

但佛洛姆說得沒錯，其實我們並不擁有什麼。一秒鐘時間，鐘可以停。一秒鐘，絨毛狗可能被偷走。甚至，幾秒鐘，房子可能被地震毀滅。

對生命，我有太多問題。還是，其實，我們就「是」一個問題？

張愛玲來過我房間

那人已經去了。而我們各自的人生還在延伸。

不管是疲倦或亢奮了一段時間後的我，總容易陷入小幅的情緒低潮。也許是在下班的公車上，也許是睡前的片刻，都會稍微悶悶的。

這些生命中「連舒伯特都無言以對」的時刻，總是一個人咀嚼。搭配上家中電話壞了數天，也不可能有訪客上門，這時讀完張愛玲紀念集《華麗與蒼涼》中張愛玲的生平軼事，剛好是一種「和諧」。

儘管推崇她的作品，我不嗜迷張愛玲。在心緒低潮時，看到眾多人見證她遺世獨立的生活態度，更突然有種「非張迷」隔岸旁觀的了然。

以藝術成就論，幾十年來是她對手的人不多，可是以人論，張愛玲當然不是完人，甚至，個性頗多偏執。就跟梵谷一樣，沒人能說張愛玲決定自己幸福的方式正不正確，但是以普通人來說，她的怪異的確離世俗可能的幸福很遠。

她不斷遷居，不愛出門，排斥見客，愛看偵探驚悚小說或電視劇，生命最後十餘年屢受病痛所苦，整天覺得有蟲子咬她，穿浴室用拖鞋上街，拿罐頭食品當主食，只用外賣店附贈的塑膠刀叉進餐，臉盆澡盆一圈黑垢經年不洗——這顯然離青春時期風靡上海灘的時尚女作家形象差異極大。

更令人驚訝的：精神上極端潔癖，作品中獨擁時代與個人蒼涼的女作家，卻恐懼無聲安詳的環境。友人描述她找房子的條件，最不避諱的就是吵鬧。張愛玲整天都開著收音機和電視機，甚至睡覺也不關電視不關燈，這和一般渴望安靜默思的作家實在分屬兩個世界。

文壇傳說作家水晶曾在報刊爲文提到張愛玲可能精神有問題，在當年被眾人圍剿，認爲對女作家不敬，甚至「危害」了張愛玲。現在我讀完紀念文集，卻相信她很可能精神出問題。

發瘋的藝術家還能是偉大的，一如電影《美麗境界》中幻視幻聽的數學家，可以得諾貝爾獎。就算張愛玲有精神問題，讀者也應該沒有什麼不能接受，甚至同情或惋惜也許都多餘。冷情看世間萬象的她，比期待「陌生人的慈悲」的田納西威廉斯超脫得多吧。

在空寂的房間裡短暫接觸完張愛玲，恍如在封鎖線的電車上打了個盹兒，睜開眼，那人已經去了。而我們各自的人生還在延伸。

天地搖晃之後

在風聲鶴唳中鍛鍊一點關懷別人的心。世界並不只有自己。

地震來襲，電腦來不及關。倉皇起身，奪門而出。第一念要暫離這棟大樓，第二念是回老家看爸媽。到了門口，想到鑰匙沒拿，又想到自己穿短袖，再折回拿椅上的外套。

還惦記電腦沒關，還記得要走樓梯。電梯間掛在牆上的滅火器掉落在地，各層樓防火門被震得半掩。那天，十三樓顯得特別高，一個人下樓的我想到紐約世貿雙子星大樓受創時，多少人摩肩擦踵逃生，生怕晚一分鐘就有不測。

一個小時後返回自己住處，看到以往常見卻未交談的隔壁公司老闆，主動招呼：「怎麼樣？好不好？」他也熱情回應。是災變讓冷淡的都市人有了交集的處境，也因爲個人生存受到威脅時，更想把握可以釋放的熱情？

大自然總在猝不及防的時空點上，給人教訓。我們得以不斷溫習「變動」的眞理。上一秒我還在房中寫稿，安穩地與繆思作戰，幻化虛擬的遭遇；這一秒卻天搖地動，擔心自己眞的會在瓦斯爆炸或土堆瓦礫中喪生。

地震當晚，重新整理好逃生包，測試久違的手電筒，提心弔膽地就寢。沒人知道是否會有強烈餘震來臨，也沒人眞知道明天是否能安然地醒來。往好處想，生活的觸覺因天災變得層次豐富起來。

而最難的是：如何在風聲鶴唳中鍛鍊一點關懷別人的心。世界並不只有自己，生活也並不只有我們在過的一種——天災總是這樣提醒我們。

避難與回歸

你不像我這般怕死，卻怕我變成一個沒有任何愛情心思的人。

我避難回來，故鄉依然安好。有點悵然？

你之前說：「如果我死了，你一個人留下有什麼意思？」我笑笑，跟你說了我的計畫，你不想採信，那麼，就各憑天命了。

然而，我們畢竟各自安好，與一整個城市的居民。回想白天另一個城市的居民，相形之下他們似乎沒有任何憂患。

逛街，喝茶，購物。享受終年的陽光，路上很少有警察，空屋很多且價碼下滑。所謂不景氣帶來的陰影，在那邊是淡得像一則電視新聞。

是我們這個城市的人要求太多，所以禁不起未來地位下降可能的失落？還是那個城市的人缺乏面向國際現實的企圖心和競爭力？

那個城市的生活風味，竟有點像美國加州。而我城的腳步，有點像東京或上海？

如果我城被摧毀了，那個城市也不會改變什麼吧？也不會想要急起直追、取而代之或者背負起新的家族責任吧？

繼成功嶺行軍後，我再次造訪你的母校。當兵那時候當然還不認識你，現在卻可以用手機把你喚醒問你系館在哪裡。可我還是沒找到你上課的地方。這美麗的大學還是很像公園，裡面的人卻不知道是否依然比其他大學的師生浪漫？

而你當然是浪漫的。你，甚至是過於期望浪漫的。你不像我這般怕死，卻怕我變成一個沒有任何愛情心思的人。

這所學校曾有我心儀而後失望的作家、短暫狂戀而後清醒的對象，曾有我自以為歆羨而後完全無感的建築之夢。

我的念頭再次轉到地震可能摧毀城市生活的議題上。當我回到高樓，把行李歸位，放開一屋子沉悶的空氣，讓不遠處象徵金融勢力的大樓燈光重新映入眼簾，我突然感覺這一切仍然可能在幾秒鐘天災中消失。

而我，也只能靜靜融入這未知的脈搏。因爲我畢竟是我城的居民，沒法選擇在那麼精確的時間點離開它，就像，沒有辦法那麼精確地不思念你。

儘管，我始終是不如你期待地那般專情的。

關心死亡

能積極爭取，也能比較不執著結果。

很顯然，從肉身的層次，沒人得永生。永生存在於宇宙，而非小我的物質肉身。甚至，不在個人的靈魂。

奧修說：「存在中一個非常奇怪的法則：那些值得擁有生命的人——佛陀、基督——從生命中消失不見，而那些不值得擁有生命的人，卻繼續一再得到生命。一旦擁有資格時，你已準備好消失進入永恆。如果你沒有資格，那麼你將必須再度回來。」

我們此刻都未「消失於永恆」，所以，熟悉於「一再回來」的經驗，只是「宇宙設計好了離去，也設計好了生成。」（引自《二十歲不可不知：無限可能的起點》），我們在意識層面不復記憶，所以爲了是否有前世爭論不休。

無法明確有前世信仰，自然無法處理「來世」的觀念。許多地球人的煩惱、恐懼、逃避由此而生。

本來，不管有無來世，活在當下是最重要的。偏偏我等絕難做到「活在當下」，所以有宗教明示來世的存在，藉以提醒我們：如果要煩惱，不要只煩惱明天、下個月或下半輩子吧，不要那麼短視，想想來世。

佛教稱修行者，依是否再來人世的等級分成須陀洹、斯陀含、阿那含、阿羅漢四種。我們所處的娑婆世界，是其中一個教室、一個道場，是人要成佛最主要、也最殊勝的修行地點，卻不是唯一的地點。至於死後又在地球投胎輪迴，雖屬多數常態，卻非必然，也未必是好事。

而聖經文：「我們若信耶穌死而復活了，那已經在耶穌裡睡了的人，神也必將他與耶穌一同帶來。……以後我們這活著還存留的人，必和他們一同被提到雲裡，在空中與主相遇。這樣，我們就要和主永遠同在。」場景頗爲壯麗，卻不知道人死後的去處和耶穌復活前所有生命的中繼站，到底在哪裡？又在做什麼？

剛參加一個基督徒的入殮禮拜。儀式和平簡潔，多人泣不成聲。我跟著唱詩、聽經，回想逝者生前的事誼，不曾感覺過強烈的宗教氣味——從沒聽過他談論生死，不知道他到底如何看待死亡？

活著的許多人不肯談論死，甚至絕少想到自己的死，等到大限來臨，卻未必有機會想清楚再離去。老人家怕忌諱，好像「死」是一個重聽、近視、手腳不便的怪獸，只要我們不去提起它的名字，就能逃過它的追捕。年輕人自恃年輕，又好像「死」只負責吃掉鄰居，有點吵鬧與嚇人，卻無礙自己的青春樂趣。

那麼，死到底在哪裡？死悄悄地藏匿何方？死這麼不受歡迎，那麼多排斥它的能量，夠形成一個超大型反空間，讓它永遠不得接近我們——而事實並非如此。

我不尋死，可是不怕談論死，只要沒有太大痛楚，我可以隨時隨地就死。不管在享受下午茶套餐的高級飯店裡，或在下班疲憊晃蕩的回家公車上，包括現在正在打字的那一秒——如果死了，我無所謂。不因爲「父母健在」、「新書沒大賣」、「剛開始推展塔羅牌副業」、「公司發展」、「果陀年底的劇本沒交卷」、「活不到四十歲」等各種理由，抱憾。

可是，這不代表我會死得比較好，或已經有智慧和修為「好好地死」。這只是在習氣上得到一些訓練——能積極爭取，也能比較不執著結果。在生前能多練習放下，到死亡那一天，也許自然會告別得比較習慣。

我還是不知道別人如何看待死，也不知道大家是否關心。只能希望大家平安，不管在哪一秒鐘。

漫步人間道

修道兩個字，對你的生命是一種新的要求而非保證。

人間道沒修完，能不能修另一種道？答案是當然可以，而且什麼叫做人間道？

簡單說，人間道是入世的，非人間道是出世的。可是這不是指從形體有何改變（如剃頭、穿上僧袍），或加入某個組織來分別的。

「人間道都沒修完，幹嘛去學什麼修行？」對於發出這種疑問的人，自己應該是從來沒有想要出離的。所以他質疑這個行爲和心態，也不同意別人採取這種行爲和心態。

生而爲人，當然有人的義務和角色，也有隨之而來的人際關係。身處社會與文明，我們極少人能夠在精神上是絕對自由的，我們繼承太多觀念和集體潛意識，太習慣文字和語言指涉的事物。

所以會有這種「人間道」與「非人間道」的衝突。所以會有這種其實根本不了解在討論什麼標的，卻用習以爲常的自我去辯論、否定或捍衛的情況。

就算接觸修行，也不代表會眞的體驗到修行。就算體驗到修行，也不代表他會放棄世俗的一切。就算選擇走入某種宗教性或服務性的領域，更不代表能離棄了世俗人都會有的想望與占有。

所以，何謂人間道？何謂出世道？對於資淺或根本仍在門外徘徊的人來說，給自己或別人馬上套上這種大帽子，是多餘的，是自找麻煩的，是會與親近的人傷感情的。

在人間忙著工作、戀愛、金錢、享樂的人，在修什麼道呢？僅僅是拜師父、上教堂、吃素、唸佛經或聖經、戴十字架或佛珠的人，又眞的在修什麼道嗎？

修道是神聖的字眼，不是一種餘興節目或八卦題材。不管你要修「資本主義道」、「戀愛道」或「親情倫理道」，都是必須戒愼恐懼、全神貫注、時時檢查與修正的心態與作爲。

更何況，如果你眞想稍微看破一點生活中的無奈、重複與荒謬，選擇試圖了解更超越的眞理，修道兩個字代表的意義就更不同了，它對你的生命是一種新的要求而非保證，更不該立刻變成你可以否定人間道諸般義務的藉口了。

然後，也許眞到了某一天，你會有能力有新的認識與選擇。

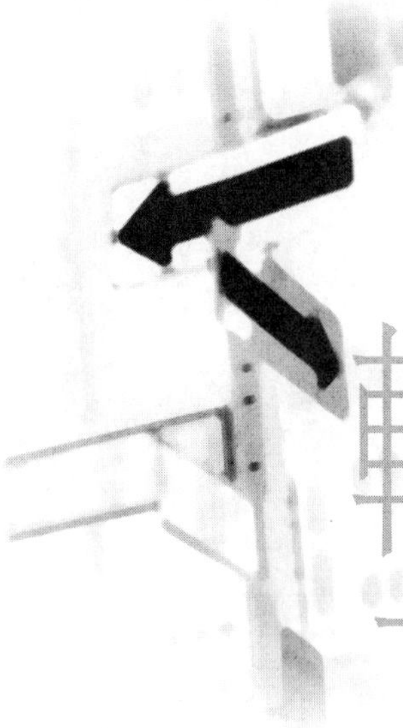

輯二

快樂王子的舞台

Mr. Right可能是全職殺手

眞心愛你也不代表有能力承諾你一輩子。

周日上午幫忙包水餃，媽媽聊到電影《尋找Mr. Right》。年過七十，每天看很多電視影集、連續劇和電影的母親問我：「你認爲那個男人到底是不是眞心的？」

好問題！可是不也是千古的傻問題？電影中，四十歲的女校長狂戀上二十五歲當年教過的帥哥學生，兩人決定結婚，因爲一次吵架，青年脫口抱怨：「你問我愛不愛你？你又是眞心愛我的嗎？那爲什麼你不敢和我一起公開？你爲什麼還是怕別人？」

我善良保守的老媽，因爲男女一開始交往就頻頻做愛，壓根兒不覺得這男人是眞心的，卻因爲這一番話而感動，而對他改觀。

我有點驚訝，然後開始說理。怎麼會？怎麼能憑這一句話看穿他的心、取得他的保證？

帥哥年紀輕，個性浪蕩不羈，眼神如夢似幻，在鄉村教堂附設的葬儀社當風琴手——女主角當然會躊躇不前，因爲這段關係從社會標準看來太不門當戶對了，安全性太低了。

可女主角不是還是決定嫁給他了嗎？不是還去挑結婚卡和婚紗了嗎？不是都告知親近好友了嗎？只差對全社會最後揭曉結婚對象是誰罷了，不是嗎？就差幾天或幾周就能名正言順，青年有什麼好抱怨？有什麼好當成一樁大事抱怨？神經病！

我跟母親說：「你可以把他想成只是出於自尊心受傷而說這段話，而不表示他有多愛她。」這根本是兩回事。而女人竟然會受騙——對不起，會自動延伸解釋？

自動延伸解釋爲「你在乎我有沒有對別人說我們在一起」，表示「你不怕對別人說你和我在一起」，表示「你這次是跟我玩眞的」，表示「你是玩眞的就願意娶我」，表示「你願意娶我就願意一直負責」，表示「你願意一直負責就代表你是眞心愛我的」！

親愛的朋友，所有引號裡的話都是獨立態度或行爲，可以連成一氣，也能在任何一段戛然停止，上下脫鉤。感情、激情、情欲都沒什麼道理，更別強迫它合邏輯首尾一貫。

就算男方現在眞心想要她又如何？這證明了什麼？保障了什麼？戲得一直看下去，路還長得呢。爲什麼那麼在乎這一點、這一剎那，他的話是否眞心呢？

別發傻了啊，人類！眞心也不代表一定能持續，眞心愛你也不代表有能力承諾你一輩子——這樣愛情智商的ＡＢＣ，我們都具備了嗎？

片中男人抱怨女人不肯昭告天下是心裡有鬼，可是他能體諒女方確實有眾多資源和地位差異上的考量嗎？明明就是女大男小，女的有知識有錢有地位，男的除了有青春肉體神祕熱情，不設法替伴侶分憂或擔待，還只想要賴撒嬌嗎？

說實話，在現實中我根本不會干涉或論斷別人這種事。除非當事人是我好友，而且他（她）主動找我商量求援，我可能試著分析，但絕不會如電影中女主角若干朋友的雞婆惹事，鑄成悲劇。

因為這是個人的命運，個人的因果，個人的業，個人的功課或旅程。對任何一個人，對任何一句話或一個舉動，你要感動，你敢冒險，你願意哭願意笑，好得很。就去吧！只是學點大人樣，別輕易向可能的挫敗投降。

五味雜陳的聖誕蛋糕

誠實——這往往是有血緣關係的家人最難具備的相處品質。

對很多現代人來說，過節如同過「劫」，比平常更耗費心力。必須提早排假、忍受塞車、安排活動、準備餐飲、聯絡親友、破財——最重要地，某些節日你還必須象徵性地與一些未必想見的人會面。

西方聖誕節如同中國新年，一年考驗一次家族關係。平日散居各地或老死不相往來的家人，至少這一個假期，必須團聚以表現孝道和親情——整個社會習俗傳統透過大眾傳媒提醒你。

法國片《聖誕蛋糕》是一部標準的節慶電影。精準地刻畫過節前幾天準備工作的焦頭爛額和表面歡樂下的深沉崩毀。多情的法國人，毫不意外地交織出各種形式的男歡女愛——離婚、婚外情、意外懷孕、私生子、亂倫——而且巧妙地讓每個人都發生關係。

這種在結尾揭曉某種祕密關係的手法，有點像史恩康納萊前些年主演的文藝片《隨心所欲》，只是《聖》片不同的是雖然有群戲多線的配置，卻從一開始就讓觀眾明白大部分主角的身分。

故事主軸沿著二十五年前就離婚的一對老夫妻逐步恢復邦交，和在這努力過程中他們三個女兒各自發生工作與情感危機進行，中段時出現一個看似路人甲的帥哥配角，卻慢慢凸顯出這個「陌生人」才是讓這個家庭成員更誠實的主因。

對，誠實——這往往是有血緣關係的家人最難具備的相處品質。我們受限於人倫的大帽子，反而最難說出心底的話，最難選擇自己希望採取的方式。我們爲了對方好或者爲了減少衝突讓自己好，情願拖著情感上的惡瘤，直到外力出現讓一切不可收拾。

老爸不願見到前妻，情願一個人過節，是對子女的懲罰嗎？老媽在再婚丈夫過世後才想和三個女兒一起過節，是自私與脆弱的表現嗎？三女兒不想去她認爲勢利的二姊家過節，是任性與反傳統嗎？二姊繼續出錢出力執行這年度大典，是慷慨與盡忠職守嗎？大姊願意當別人情婦，不想對家人吐露懷孕之事，是善良嗎？老爸在風燭殘年完全不後悔一生的採花行徑，是浪漫嗎？

聖誕節不該是一個用大雪蓋住眞相維持表面和平的節日，否則它只剩下消費享樂層面的形骸。《聖誕蛋糕》用尋常的家庭問題試圖找到「誠實」與「幸福」的一個平衡點，用意當然仍是溫馨的。

看本片另一個有趣的發現是導演丹妮艾拉．湯普森是《瑪歌皇后》、《愛我就搭火車》等名作的資深編劇，寫了一輩子劇本，五十七歲才當導演——這讓目前還在爬格子敲鍵盤的我，多了不少甜美的想像力！

恍然昨世的淑女

誰還在野心勃勃地想要改造別人？又有哪些盲從的人在等待被改造？

假日看老片《窈窕淑女》，當然這還是一部經典片，編導演歌舞俱佳，但是這次看的第一個感覺是眞長，歌舞片竟有一七五分鐘，許多段歌曲是好聽，但是長，好半天劇情才推移一小段，實在不大符合現代觀眾的期待。

其次是意識形態。改造低階層女性成爲符合上流文明淑女的標準，姑且說是一種常青片型（從《茶花女》到《麻雀變鳳凰》），但是時代變了，看到某些以大男人中心思想出發的改造課程，還是讓人坐立難安。

讓我們看看這部片的淑女奇蹟到底是什麼？片中教授的目標（還是兩個大男

人之間的賭博）是把在街頭粗野求生的賣花女，半年後改造變成可以參加大使館舞會，冒充女伯爵還不會穿幫。這當然包括一系列從內到外的訓練，可是占戲分最多（當然也最出色）的課程是語音訓練。

賣花女無法發出正統英語，連音標都發不正確，遑論比較「正確」、「優雅」、「有內涵」的用詞與文法。片中歷經一個半月「A、E、I、O、U」的發音訓練，師徒都筋疲力盡，竟然在教授沉痛地曉以大義，宣說「英文」的偉大歷史與據以創造的文學思想（還有帝國？），其子民都該珍惜奮起云云，賣花女突然開竅了。

以戲劇手法論這一幕當然很有感染力（也許因爲觀眾也都被前面一小時女主角粗啞的嗓音折磨得夠了），可是以現實學語言的技巧，我大概很難想像二十多年的發音問題可以一夕改變？如果有人是因爲口齒舌頭結構問題而發不出、發不好某些音，眞能因爲聽到偉大的「語言愛國宣言」的感召而突然改變？

進一步說，發音只是一環，很多人發音好，詞彙不懂，文法爛，可是片中完全不再進行接下來的語文課程，我們無從得知女主角是如何「一通百通」的。就算她能如此進步神速，懂發音、詞彙和文法，仍然和是否有流利的口才或動人的文采無關，因爲那是關係思考和情感的品質。

再進一步說，語言是社會的產物。賣花女和女伯爵的差距，不只在對英文的掌握能力，還包括不同階級接收的整個文化遺產和世界觀。如同不同民族對「馬」的知識天差地別，賣花女對貴族政治下的家世生態和生活習性，又要如何在後面短短兩三個月速成？

商業歌舞片中當然沒有交代我提出的這些疑問。它只讓奧黛莉赫本打扮成一個氣質非凡的淑女模樣，在舞會上豔驚全場，連外國作客的皇后王子都一見傾心。我很想聽聽看賣花女和眾賓客交際應酬的時候說些什麼，可惜啊可惜，並沒有任何對白。鏡頭下只有舞姿、微笑和美貌，這是物化女性最大的成功？

好玩的是：劇情畢竟讓這女子在舞會後傷了心，感覺自己只是大男人的工具，沒有被溫柔公平地對待，懷疑自己要如何在新的「文化水平」下過日子？某一程度她變成了公主，但是她的命還是宮女。

她受到的刺激可能反而是她這半年課程後最新也最受用的一課。她和教授吵，不告而別十幾小時，考慮接受別的男人的求愛，甚至準備去找教語言的工作——哇，新女性呼之欲出了。

結果，沒有任何交代地，劇情在教授對她恍然若失（還不是道歉或反省）的感傷之後，女主角回頭了！好一個溫馨的結尾，好廉價又上算的鬧鬧脾氣離家出走！只是不曉得回來後的她，要扮演什麼「角色」？老光棍教授的年輕女友？

以今之標準去非議幾十年前的心態作爲，沒多大用處，因爲我們生存的時代，是連「淑女」和「紳士」的定義都已經大幅遭顚覆的時代。權威掃地，人人自恃，所謂「正確語言」的地位受到科技解放（如網路、簡訊）帶來的新民粹挑戰。

我懷疑：在一個連基本學測都不考作文、連淑女都沒有人想當了的時代，性別或階級間如果還有類似的角力發生，新的改造標準會是什麼？誰還在野心勃勃地想要改造別人？又有哪些盲從的人在等待被改造？

這眞是個大問題。

快樂王子的舞台

王子會不會爲了人民犧牲一切，甚至自己的身體？

由我改編、作詞的果陀劇場歌舞劇《城市之光》，故事開始是爲一座紀念碑揭幕，我把它轉化爲一座「快樂王子」的雕像。在上下半場的開始和結束，至少有四次觀眾會注意到這座雕像的「戲份」。

根據卓別林電影《城市之光》改編的歌舞劇，爲何要跟王爾德的童話故事聯姻？

讓我先問你一個問題：王子會不會爲了人民犧牲一切，甚至自己的身體？在佛經上答案是肯定的，釋迦牟尼就是王子出身。但是在王爾德的童話裡也可以，他的名字叫做快樂王子。

快樂王子請小燕子一顆顆、一片片啄走自己身上的珠寶和金箔，讓自己倒下，只爲救助他貧困的子民。只爲他不能看到現實，卻拒絕行動。他的倒下是另一種升起，小燕子的凍死是另一種復生。

把快樂王子的典故融入卓別林的《城市之光》，其實是我這次改編黑白老電影成中文歌舞劇的最大樂趣。

原著電影故事單純感人，可是我總擔心二十一世紀的觀眾看來太一廂情願。流浪漢遇到有錢人，流浪漢愛上失明的賣花女，有錢人幫忙出錢擺平賣花女的生理（治療眼睛）與經濟（還房租與開店）困境——世界有這麼美好嗎？

因爲認爲世上眞有這種抱持「如果看不到別人的苦難，那麼要眼睛做什麼」的高貴靈魂，賣花女可以接受流浪漢的幫助而不覺得屈辱和荒謬。

因爲本質就是這麼義無反顧，充滿理想主義，所以流浪漢可以在一見鍾情後，把賣花女的所有事情都當成自己的事情。

多加了快樂王子的典故，當然還是一個「童話」，可是至少讓觀眾知道男女主角「心有所屬」，他們看似一廂情願下，多了一些集體文化意識的傳承。

如果你還覺得這種好事情不可能發生，想想聖誕老人吧！大多數人都喜歡「聖誕老公公」，但往往忽略了聖誕老公公只是個全世界共有的「意象」，一個「只問付出、不計代價」的人爲意象。

如果聖誕老人都能如此被廣泛接受，《城市之光》裡天眞瀟灑到近乎愚蠢的流浪漢爲什麼不能？

只有相信「他」這樣的靈魂可能存在，賣花女對他的感激和信任才有了意義，富翁陰錯陽差的慷慨，也才有了更多對比，有人行善是不在乎、不思考甚至非自願的，有人則是眞情流露且任運流轉、隨時隨地進行的。

《城市之光》的光源，不該只有反射芸芸眾生內心欲望的霓虹燈，也不像某些宗教提供的「手電筒」，而是發自某些人確實如天使一般的內心。

這很童話？我承認！舉雙手承認。

在無常裡演一齣好戲

當愛情發生，必須確定它是一種滋潤，而不是乾燥劑或防腐劑。

她認識他的那天，是前男友過世一周年。

交往中，她不斷在他身上尋找前男友的影子，而他也宿命似地愛上這個刁蠻任性卻美麗的女子。

他們去了多數之前女子與前男友去過的地方，但現實中的癡心男孩怎麼也比不上那死去的高貴身影。

因爲停格，過去的一切都變成最美的。也因爲停格的權利不在自己，更滋生出一種憎惡。

「爲什麼?爲什麼?爲什麼?」像空谷中不斷的回音，一遍遍轟炸留下來的那個人。

恨對方爲什麼拋下自己?恨老天爲何要帶走他?恨自己爲何沒有勇氣和他一起離開這世界，也沒有勇氣離開他的死?恨自己是倖存者?

性格中的恨意，幻化成旁人眼中的深情，更逐漸模糊掉自己對生命的合理認知——人生，本是無常的。

「生命無常」，只要不發生在自己周遭，發生在電視、電影、書本、報紙和網路上，就可以接受?

她恣意考驗新交的男子，讓他出糗，讓他受苦，讓他陪自己感傷，卻不讓他感知自己眞正的態度——其實怎麼說都是不公平的。

但愛情中種種不合理的要求，對於愛上的一方都是合理的。即使外人明顯看出兩方態勢的強弱，已經到達一個極不平等的地步，當局者恐怕還是甘之如飴。

當然，無法甘之如飴的，早就溜之大吉，也無法成爲驚險愛情故事中被歌頌的主角。

女子最後帶他去山上，把兩人各自寫好的信埋在一棵樹下，相約兩年後再來打開它。任何人都知道這只是拖延了男子的思念，一種淡出的告別。

畢竟，在關鍵的一刻無法做出決定，只有誠實地面對內心。再多的好感如果沒有辦法成爲戀愛，是很難對得起自己和對方的。

生活中不是一定需要愛情的滋潤，可是當愛情發生，必須確定它是一種滋潤，而不是乾燥劑或防腐劑——它不是來使我們變得「不無常」的。

快樂面對愛情的生，也要勇敢面對愛情的滅，因爲無常是像空氣一樣地存在。我們該好好跟它相處，不要與它爲敵。

你的態度決定你的結果

這是生命的奇特法則——你的做法顯示你的心意，並帶來後果。

他們是駕駛飛機的師徒，也是軍中的長官與部下，可是更多時候B是把A當成哥哥與知己。

B急躁，有衝勁與理想，可是沒有半點智謀與社會歷練。A恰恰補其不足，他懂得如何忍辱，如何決斷，如何向心愛的人與物道別。

兩個人最大的共同點是那片藍藍的天。有時明朗透徹，有時又深不可測。

飛行是他們共同追求的志趣，特別是當祖國似乎需要他們這樣不怕死的優秀飛行員。可是任誰都知道當空軍是朝不保夕的，美麗的天空隨時可能成爲墳場。

每次飛行，都可能因機件故障或敵人狙擊，再也回不來。

空軍健兒的帥氣，有很大一部分來自這種必須與死神玩遊戲的瀟灑。女人似乎又怕又愛極了這種瀟灑。

當B一次迫降意外借宿了一個美麗的軍眷家中，而後像孩子一樣不顧一切、不理責任地愛上了海軍老公失蹤兩年的寂寞女人。悲劇在三個人之間展開。

B當然愛她，是以那種一廂情願的明亮愛她，如缺乏經驗的幼獸般愛她。可是女人比他懂多了，女人無法忘記自己法律上仍是有婦之夫。丈夫並未宣判死亡。

可是當A意外出現，女人的懂又變成不懂了。A的相對年長與英雄氣質，輕易讓女人別抱，不只是從B，連失蹤的老公都能從心裡抹去。

女人向B告別，卻未說明理由。A幾次想告白，卻陰錯陽差。當然也因爲內疚，他不忍心這樣對自己的弟弟橫刀奪愛。

然後你可以想像，當事情拆穿，B有多氣憤，多難釋懷，多自暴自棄。兩個他愛的人聯手背叛了他——儘管是忠於了他們自己。

因爲內疚，A甚至懷疑某次出任務時，B從背後偷襲掃射他，歇斯底里地向上級指控。

他才享受的短暫快樂，竟快讓他精神分裂。兩個男人曾有的親密信任，轉眼天崩地裂。直到B最後以行動支持他而寧可自己墜機，A的悲哀達到頂點。

愛情發生固然有先後，但沒人能仲裁該不該愛上朋友喜歡的人，重點在你如何處理自己的抉擇。你爲你的抉擇做了哪些積極正面的事？

如果你只是內疚，你就會繼續做出讓自己內疚的事——這是生命的奇特法則——你的做法顯示你的心意，並帶來後果。

當陌生人不再陌生

正因明天不知道會如何，他反而緊緊抓住現在。

他是癌症患者，又剛失業。在回老家整理東西時，發現了從未見過的生父寫給母親的信，於是他知道了自己接下來的任務。

沒有錢，可是還有雙健壯的腿，他決定背著行囊步行到南方的大城，看父親一眼。儘管這男人不曾表達過想見親生兒子的意願。

他是開心的。陽光正好，風景很美。他輕輕吹口哨，唱起歌來。

對一個每餐都要服藥的年輕絕症患者，生命其實待他不厚，但是他沒有什麼抱怨。正因明天不知道會如何，他反而緊緊抓住現在。

俊美的他和情人的關係穩定，他並不一定需要一個父親，尤其在已經長大獨立的年紀。

路上他遇到比他小的大學生，像是他「弟弟」，對他懷有不能說出口的同志情愫。他帶他玩樂，卻不想傷害他。

遇到比他老很多的孀居老太太，像是他「祖母」，招待他過夜，寂寞訴說往日婚姻，晚間在門口瞥見玻璃反影他年輕的裸體，恍神了一下。

遇到一個人帶三個小孩的單身女警，像是他「姊姊」，假日要送小孩去三個不同的爸爸住處。每個孩子喜歡別人的爸爸，家家有本難唸的經。

遇到以釣魚逃避婚姻生活的中年男人，對他說：「何必去找你爸爸？他又不想見你。也許他有自己的難題。」

這個人就像他「父親」。可能就是路邊、河畔，你隨處可看到的一個陌生人。他不是好人，也不是壞人，只是一個曾經做過一些自己難以負責的事情的人。

中年男人很平凡，就像路上遇到的其他陌生人，他們都有自己生命的困難，可是他們都活著，努力，並且期待偶爾遇到一個陌生人的善意，如他。

他忽然想通了。把隨身帶的風箏送給中年男人，教他第一次放風箏。中年人體會了不同於靜靜垂釣的樂趣。

是不是要去見生父變得沒那麼重要。路人皆可爲親屬。一如我們在無盡的生命輪迴中，曾經與不同的個體結伴，相親，或相殘。

生活的態度是一種選擇，和自己的客觀條件可以有關係，也可以卓然獨立，不受限於自己的性別、生理、職業、階級，而依然可以陽光燦爛。

不用眞的浪跡天涯，我們也能培養出更廣義的與他人結緣的認知。

當「善意」摧毀愛情

人間已經多事，我們在「生事」前，能再問自己一次：我的「善意」不會壞事嗎？

她們都嫁不出去，更精確地說，她們經常遇人不淑。寂寞的人容易聚在一起，每周一次的「Women's Talk」必然成爲互吐苦水、甚至偶爾炫耀的地方。

雖然有機會遇到人，有機會產生某種碰撞，但是不對的人或是不對的時間，總是沒法發展成長期親密關係。

某天A遇到了十年前教過的學生，竟然天雷勾動地火，光天化日之下做了那檔子事。

她當然知道這是意外，激情逸出了常軌，四十歲的女人被二十五歲的青年身心滋潤，很浪漫，但顯然成功率極低。

因爲心虛，她沒有誠實面對自己的情欲。她以爲這件事情會船過水無痕，卻沒想到古井已生波。

A在當周的例行聚會中發露，其他老友一邊說教，一邊暗暗羨慕——嫩草畢竟不是每頭老牛都吃得到的啊。

當她抵擋不了自己欲望地繼續與青年約會，老友微妙地聯手變成她愛情的敵人。而聽多規勸，A挺身捍衛自己的情人，認爲老友不該先入爲主不看好這段老少配，甚至當面戳破老友的嫉妒。

一個特立獨行的男人攪動了幾個中年女人的生活。決心在中年放手一搏的A，意志力是強大的。她甚至不畏物議，積極規畫和青年結婚。

出於友情而過度擔心A的幸福，老友想出了通俗劇中的下策，由其中最風騷的一個出面勾引青年，想證明青年並不忠誠。

被逼火的青年稍稍假戲眞做，其實是爲了羞辱這些「阿姨」，但不巧地仍被A看到。憤怒的A果然把青年逐出，一切事情似乎朝向老友理想的局面發展。但受誤解而抑鬱晃蕩的青年，深夜卻被車給撞死了。這可讓荒謬劇變成了徹底的悲劇，她們一起害死了一個無辜的男人？

老友們當然做錯了。過度雞婆結果造成情人間的誤解，出於正義之師的姿態反而間接變成劊子手，而所謂的「關心」和「正義」到底出於什麼根據？

愛情本來就是盲目的，可是許多第三者對愛情的反對，也是盲目的。說別人盲而忽略了自己看到的也並非完整的眞相，往往造成人間的連環悲劇。

人間已經多事，我們在「生事」前，能再問自己一次：我的「善意」不會壞事嗎？

傳承和平而非仇恨

短暫的了解，未必能讓強者幫助弱者，卻可能讓弱者原諒強者。

一對以色列猶太人兄弟，和一群耶路撒冷占領區的阿拉伯同齡青少年，本來不可能走進彼此生命。

因爲一個拍攝紀錄片的美國導演安排，世仇的兩種子民，衝破禁忌相會了，握手了，笑開了，也玩開了。

可是，曲終人將散，原先難民營裡激進派的青少年首領，最反對和猶太青少年交朋友的一個，當眾眞情流露地哭了。

他哭，是哭以巴兩邊高如山深似海的深仇大恨，不可能就此改變。短暫的了解，未必能讓強者幫助弱者，卻可能讓弱者原諒強者。

超齡的堅強下，他其實怕失去戰鬥的理由——爭取「公義」的理由？

而且，當導演離開，兩邊很難再聯繫往來，現在肯來難民營「到此一遊」的以色列少年，也會很快忘記這段友誼。

現場其他孩子沒哭，有的出於天眞，有的出於遲鈍，比不上這個「激進者」對後來事態發展的透視力。

猶太人和阿拉伯人，被歷史折磨地相會在一個城市耶路撒冷。

以色列猶太人是城市此刻的政治主人，被占領的巴勒斯坦人住在被管制的難民區。兩方都覺得這是他們的聖城，都覺得這該是他們的國土。

談判無法解決現實的土地擁有，因爲每塊地方都曾有另一方人居住過。那就只有戰吧！用最赤裸的力量，爭奪。爭不到的，用其他形式的暴力衝突（如公車炸彈），不讓征服者好過。

青少年看似純眞無邪，卻被大人灌輸了所有的愛與恨。青少年是成年人的縮影，按比例成爲有的溫和、有的強橫、有的逃避現實、有的爲龐大宗教信仰或政治主張而活的人。

我們看到了「傳承」最恐怖的力量——上一代傳下了憤怒與仇恨、懷疑與自虐。我們看到上一代傳下的貧乏的想像力與狹隘的視野，看到了「業果」被一再加強而無法離開那個「業因」。

我們看到每個人都在說：「只有這個方法！沒別的路了！」然後繼續受苦並讓別人痛苦。

我們需要能自己站出來斬斷痛苦之流、開闢新的傳承的人，這個沒辦法靠大眾，只有從最優秀的人身上先開始。

輯二

我不是林黛玉

人不可以那樣做

「不爭」是另一種爭，自我爭氣的「爭」。

陳映真新小說集《忠孝公園》裡，有一篇〈歸鄉〉描述台籍老兵被強迫徵兵到大陸的悲慘故事。老兵闊別四十年回到宜蘭探親，二弟一家卻把他當成回來分遺產的「外省豬」，假造他的死亡名冊，侵占老爸留給他的一分土地。

三弟有正義感的兒子作保讓他來台，重新申請中華民國身分證，鼓勵他和二伯打官司。這位男主角卻在聽到大陸孫子的思念電話後，起意放棄申請身分，也不打官司。

侄子說：「大伯，財產是你自己的。你怎麼想，就怎麼辦。只是，人不能像二房那樣。不可以那樣……」老人說：「對，人不能那樣。」補充道：「人不能爲了爭財產就不做人。」

「可是，別人硬要那樣，硬不做人的時候，我們還得堅持絕不那樣，堅持要做人。這不容易。」歷經滄桑而充滿智慧寬恕的老人下結論。

以後還要常回台灣走動走動，但大陸已經是另一個家。這裡有令人傷心的親人，可是也有具是非道德的下一代。不要遺產土地，不是不爭是非，而是還原人間的正義到更高境界的天道。

天道好還。人間因果會有報應。來此一生，每個人會得到的東西不同，學習到的東西也不同。老人的「不爭」是另一種爭，自我爭氣的「爭」。

我認識的某協會內部風雨交加，有人在董事會上發動臨時提案，以「不適任」爲由改選掉董事長。被「政變」的董事長，書面辭去董事長和董事職，痛斥部分成員「昧於私利」。

儘管當天有若干董事自認是「退席」抗議，出席和表決的法定人數因此留下可爭辯之處。但選舉已完，原董事長辭職以示「不接受被罷免而遭改選」。從江湖勝負角度，事情只剩餘波盪漾。

但討厭任何形式人際鬥爭的我，心中震動仍然強烈；而創作氣質強烈的原任董事長，最受傷的是同志倒戈，最遺憾的是暗箭齊發前，無一異議者肯與她循正途溝通化解。

據她說：「環顧全場，幕後黑手從頭到尾側對著我，不敢看我；而其他人都頭低著不發一語。」從敘述者的角度，我可以想見那畫面的淒涼與殘酷。從靈魂與人格成長層面看，受重傷的人絕對不只是被換掉的董事長，而是其他所有在心中必然將這一切不得已的作爲「合理化」的「正義之師」。

回到現實，被罷黜的董事長在整件事中一定也有責任，任何團體的路線、方針、做法儘可以討論、競爭，但一群人共事若連起碼的眞誠互信都沒有，談得上什麼同心協力？

「人不可以那樣做。」而許多人曾經、現在、未來仍要這樣做。

我們，只能選擇自己要做的。

反抗與跟隨

能夠對任何事物少一點崇拜，也就多一些自由。能夠對社會常約面子地位多一點逃逸，也就少一些桎梏。

新加坡廣播同業來台灣參訪，副總裁提到她是我epaper電子報的長期讀者，令人開心。可是更愉快的評語是：她覺得我比她想像的更豐富有趣。

顯然，只讀文字比較枯燥，我的專欄常有沉重的主題，所以她把我想成是一個中年嚴肅胖男人。可是啊，我卻也有年少輕巧直上雲霄的時刻。

大多數時候，我穿著比時下學生更「樸素」，髮型、打扮與配備也比不上民生東路往來的白領上班族「正式」。我非常非常感謝：主要待過的公司都不要求我

「像個主管」，至少，不必在外表上讓這勢利的社會「瞧得起」。

可是我也明白：這是用我的創作專業地位換來的小小特權。因爲別人會自動用「他是個藝術家」、「他們搞娛樂業的」、「音樂人都不喜歡打領帶吧」等理由爲我們粉飾，而不會批評或懷疑我們「不合群」、「違反公司規定」、「讓客戶無法信任」、「低階職員買不起好衣服」等。

當一個企業基層職員時，就算買了名牌衣物，大夥兒也可能揣測你是買地攤仿冒品；可是當上高階主管或收入不錯的SOHO族，即便穿著仿冒品，也不容易被對方懷疑——這是社會上無情的常態，天羅地網般存在的階級意識。

可是，我想保有的只是盡量不受約束的自由——當然，你可以說是特權——而不是可以亂穿仿冒品的自由。我對名牌的品質勉強有鑑賞力，卻對名牌崇拜相當免疫。事實上，我是那種時尚雜誌或服裝發表會絕對不會邀請我「共襄盛舉」出席的人。

越來越相信：能夠對任何事物少一點崇拜，也就多一些自由。能夠對社會常約面子地位多一點逃逸，也就少一些桎梏。我不是爲了宣揚這種理念才看似反叛，而是竟然我就從年輕到現在如此走了過來，才發現我在實踐中深刻相信了這些觀念。

簡單說，內化的觀念才是自己的。依樣畫葫蘆的任何決定——包括革命——都注定是抄襲。你要說做跟隨者也未必不好，領袖需要群眾，主持人需要聽眾，多少自以爲的創新都是因襲與改造，傻人有傻福——沒錯，我同意，可是群眾自己該知道，跟隨者不要騙自己，當藍螞蟻和螺絲釘要當得有自信。

人生啊，最可悲的不是際遇不如人，而是弄不清楚自己的腳色與戲分，哭錯了眼淚，聽錯了掌聲，抱錯了大腿，然後後悔——我是切切不希望自己落到如此田地的。

我不是林黛玉

我總是這樣在應該恭喜的時刻，想到危險。

朋友的朋友開了咖啡廳，開幕下午，親戚朋友穿流熱鬧，我一個人不識，努力地吃，發呆並觀察。

一對小夫婦，在四周都是咖啡或簡餐廳的一級戰區，決心圓夢。我卻懶懶地想：從這一天開始，他們就要提著一顆心了。

沒人上門，咖啡廳老闆也不能像夜市老闆一直站在門口拉客。淺藍色的水樣色調，映著熱忱卻有點青澀的臉。我總是這樣在應該恭喜的時刻，想到危險。

剛加盟兩個月的「台北之音」，宣布全頻道的轉型。我算唯一被留下的帶狀主持人，卻從實際面和心理面都保持低調。

如《我在花花世界》書中所述，大家都高高興興參加新節目上檔的記者會，識相地不去問下檔的主持人或製作單位哪裡去了。

大部分節目工作人員和音控師必須裁撤，許多比我資深或受歡迎的主持人因調性不合必須下台，甚至有些人說不定就此不再有機會主持——其實，愁緒還是會自動飄散在空中的。

我在做什麼？杞人憂天？多愁善感？跳脫出自己的優勢，看到現實輾壓到別人？

參加星座專家的新書發表會，一起站台的來賓有的笑稱主角當年還請教自己星座問題，有的吐槽怎麼也想不到學生時代的男人婆會變成大美女。

可是這就是現實。一點點地變，一點點努力，一點點運氣，人生路就不一樣了。現實與認知就岔開來了。不管你接不接受，能不能理解，有些人的轉變就這麼發生了。

對當事人來說，自己的孤獨與快樂永遠是最私密的。成也好，敗也好，鼓掌也好，奚落也好，自己有足夠的韌性就能度過去。

而習慣冷眼旁觀又將心比心的我，可以只是染上一抹淡藍，不必跟著墜入別人生命的大海。我不是林黛玉，不會只「喜散不喜聚」地看世事，就得有更強大的心臟，更柔和的彎度，面對人生的變局，人際的潮浪。

起碼的真誠

按 Enter 是很方便，只是不要成了這社會更多暴戾之氣的來源。

難得出門到豆漿店吃早餐，開心遇到幾年不見的老友。果眞選日不如撞日。兩人公司曾在附近，始終沒約成午餐約會；現在他公司搬到我家附近，卻碰面了。幾周前在公車上巧遇他老婆，兩人因此通電話，現在不期而遇。

他是上櫃科技公司副總，常跑大陸日本，兩岸大廠台積電和中芯都是他公司客戶。爲了怕塞車，早上七點起床七點半出門，八點到公司附近後停好車吃早餐。本來他要去隔壁吃西式早點的。

他當然一身襯衫領帶標準男性上班族打扮，我則是印有童子軍標誌的汗衫、HANG TEN短褲和拖鞋，他笑說：「沒想到看到你這麼邋遢的樣子！」我說：「我只是出來吃個早餐啊！」沒說出來的是，看到這樣的我不是和當初當兵時的印象很接近？我和他是同期預官而結識的。

從仁武到壽山，我們幸運同在一個營區，學會計的他喜歡音樂，兩人有了交集。他說到現在還常去唱KTV和去EZ5喝酒聽歌，「壓力實在太大，」他說：「昨天還在公司待到一點多，明天股東會。」

離開早餐店時他說：「好羨慕你！」羨慕什麼？羨慕我在早上八點半可以這樣悠閒？羨慕我看來還神清氣爽，不像在一般產業打拚的中年男人？

比年收入或工作穩定性，這年頭大多數人會羨慕他身處高科技產業、手握高科技公司配股。比時間運用，下班還修EMBA、志在成爲跨國高階管理人的人根本懶得理我。

我自認唯一值得羨慕的，恐怕是這樣「邋遢」與老友重逢，卻只有喜悅沒有尷尬——這一點恐怕是很多「社會化」已深的男女做不到的。

如果我願意保持一點自我的眞誠，不論時光流轉，那麼我會認眞得受不住一兩個網友對我在電台節目的一些批評，也有跡可尋了。

自己在網路界服務兩年，不會不明白網路解放了許多人的表達權，憑藉匿名、即時、去中心化的特質，少數秀異言論和創作，固然能突破主流媒體或出版公司的限制，但龐大網海中，卻也充塞更多衝動、主觀、尖刻一如時下政治新聞節目call in品質的文字。

按一個Enter鍵就能罵人多爽！你在明處我在暗處多爽！你回覆我就繼續抓你文字中的小辮子，你不回我就說你看不起我你心虛你驕傲規避不注重聽眾互動多爽！你語氣平和我就說你讓傍晚時段的聽眾昏昏欲睡，你語氣起伏我就說你把私人情緒帶進節目中無聊幼稚裝可愛多爽！

你話太多我就說你自作主張不照電台規範自我標榜，你話太少我就說你沒個人特色只會報歌名何必找陳某某主持多爽！你若被激怒了據理反擊我就說嘿嘿你哪裡有什麼好修養平常溫柔溫和都是騙人的，你若流露出感傷受傷我會冷酷說你這一點「意見」都受不了還虧你寫書主持做什麼「名人」「老師」多爽！

類似的模擬考題我還能寫上非常多——別忘了我也是個文字工作者——但是心中的疲倦與遺憾，卻很難描摹。

好友越洋電話中猜我是太重視自己的節目才如此在意聽眾反應，但仔細反省，能讓我眞正激動的是這些批評中呈現出的心態，離我信仰的東西有點遠。

平常在實體社會中，我們表達一些不同的意見，理想上是不是還會顧慮時空背景、當事人是誰、當事人的心態、是否抓到當事人眞正的邏輯、考量自己和當事人的關係，再去用字遣詞就事論事，顧及輕重緩急？

如果我們在眞實生活中願意比較「社會化」和「明智」處理意見表達，爲何上了網路拿起電話，我們就容易變得譏諷、冷酷、自我中心，而且完全不願承認自己有誤解對方的可能，非要以「正義之師」（你就是錯了！）或「消費者」（你不能忽視我！）的姿態，一下就兵戎相見？

按Enter是很方便，只是不要成了這社會更多暴戾之氣的來源，因爲我永遠相信生命是公平的，對別人的惡意一定會回轉到我們自身，會從最微小處開始敗壞我們的福祉。

鳥與樹的共鳴

熱情無從規畫。熱情是一種神祕。

有機會跟外面一群人開會，會議間有人立場鮮明、態度執著，充滿「運動」性格。不但主動出擊爭取說服，也不放棄私下進行洗腦。甚至屢屢在已成定局的案子上，再提翻案。

也許，某些意見眞的對他（她）很重要吧。某些信念對他（她）眞的很重要。某些利害得失對他（她）眞的很重要。

有時候我能體諒他們的孤獨；有時候我實在瞧不起某些小動作；有時候我還有點佩服他們寧願破壞氣氛討人厭的勇氣。

我，是不可能如此的。太陽雙子的機靈，月亮寶瓶的開放，不喜歡教條，可是也還算能妥協。可以看出各自的立場都有一部分合理之處。願意接受生命中有許多開放空間。

我沒有辦法成為一個「鬥士」或「戰警」。這大概是命定加上抉擇的。類似的情況，在和一位不大熟識的長輩有機會碰面聊天，他「審視」我的經歷和前途時發生。

他有意找我做某些事，卻發現我早已身兼多職。去年底第一次見面時，除了「銀河網路」，我正為「果陀劇場」製作忙碌，幾個月後再見，我減少了「果陀」的工作，卻又多了「台北之音」帶狀廣播節目和「安哲逸塔羅占卜學園」。

他搖頭笑道：「你還在玩，還在wondering。」叮嚀我該為後半生打算，專攻一門事業。

我在玩？我很認眞的。十幾年來認眞去做不同階段的工作，主動選擇或被動負責的工作，沒有一絲胡鬧。可是，從某些已經固定在一條道路的人看來，我確實是在玩的，而且玩得還滿過癮、滿分裂。

樹可以enjoy它的直線發展；鳥可以enjoy牠的沒有軌道。而我，還在順應生命韻律的不同召喚。也許，階段波動的螺旋狀成長，就是我靈魂預先安排好的今生之旅？

長輩說：「從另一方面說，你是有慧根的。人生許多事情的確不能規畫。」成功中不掩霸氣的他自承：「越老越相信命運。」他曾在某一年做出事業上的重大決定，看似理性，其實還是順從生命中的某種熱情。而熱情無從規畫。熱情是一種神祕。

我歡喜他最後的這番「肯定」，讓其實也老大不小的我，得以稍稍安心。

認清你職場的命格

只有正確地知命，才能認命，進而設法造命。

事業對你的意義到底是什麼？你了解你的工作中，金錢、興趣、人際關係、成就感和前途到底如何組合？

他和她在職涯呈現的命格有很大不同，可是很難說到底哪個比較好？她是標準勞碌命，積極勤奮，力爭上游，交遊廣闊。這種人好像非常符合資本主義社會的需求，適應力強，機會多。

遇到的很多人都覺得她可以幫自己或公司做些什麼，可是給她的卻不一定是好條件或好案子。甚至，會找上她的多半是比較有問題的人或比較沒有資源的公司。

她的活力，讓主管或老闆覺得是員闖將，她的點子也容易被視爲能幫公司另闢蹊徑，可是，到最後提案總是被原先的保守顧慮給拖累，或者空有她一人出主意，周邊配合執行的人一團糟。

於是她便像遊牧民族一樣，遊走在不同公司間，恩怨不斷。

至於他呢，剛好是個對照。通常都會幫忙老闆階段性打天下，然後，戰役結束便被擱置。既無實權，卻有名銜和資歷，說花瓶太沉重——因爲他確實有能力——可是老闆不用，也還是只能像古董花瓶。

你說他命好天生貴氣，有人出錢把他當顧問養，可惜現代社會哪裡是孟嘗君的年代？食客恐怕只存在於政府機關。民間企業面臨激烈競爭壓力，窗邊族還是提心弔膽，不曉得未來前景在哪裡。

兩個人都熟悉彼此情況，可是依然有各自的軌道要運行。他不可能變成一個像她一般的業務員，她也不可能如他一般輕易當上管理階層。

忙碌卻沒有太多實質收穫，和有若干保障卻沒事情可發揮，到底哪一個能安慰上班族的心，似乎沒有答案。

就像莊子寓言裡的鳳凰，注定有大用，卻不一定能夠常常被用，甚至可能永遠等不到世俗的時機。

一般的燕雀，有小魚小蟲小水潭都能過活，容易將就，卻注定很難提升。

在職場不同的「能階」上，看清自己的處境是很重要的。要當一棵無用的大樹，必須耐住寂寞；要當搶手的盆景，必須委屈修飾自己。

只有正確地知命，才能認命，進而可以在天時地利人和下，設法造命。

輯四

在有星星的夜晚買彩券

人定勝天的虛妄

「人定勝天」從來不是眞理，而是勵志格言。

枯水期來臨，他們在聚會裡聊到如何解決長期的缺水問題。大家說，居安思危眞的有必要，一次颱風過境解決了水荒，不應該只是慶祝限水結束，而該繼續呼籲民眾保持節約用水的習慣。媒體和校園應把節約用水宣導視同常態的公益活動，以時間換取人心對節水觀念的內化。

除了軟性呼籲，政府可以全面獎勵或強制換用節水設備，讓營業場所、工廠或住家更省水。政府應該定出詳細可行的自來水管線更新計畫，讓都市管線漏水情況大幅降低，民眾用水品質提高。

該疏濬的各大水庫應該趁旱季早早動工，讓淤泥減少，水庫平日蓄水量增加。

水庫上游集水區的水土保持該雷厲風行進行，濫墾濫伐造成的水土流失應該以重罰嚴查杜絕。

涵括了用水、供水和集水等不同面向下手，各種措施都在希望讓人民有更多的水可用，而且是被有效益地運用。

如果做到這樣還是缺水，政府應早早定出各階段、分區、分對象的限水計畫，嚴重缺水期更應該推出比現在更嚴峻的限水規定，比如每家每天只供應一定水量。

反正到了緊急關頭，山窮水盡，任何人再不方便也只得共體時艱、默默承受。

以為已經把問題想通徹、該提出的解決方案都大致提出後，始終沉默的她開口：「大家都說得很好，很多作為也的確都該做。可是如果這樣還是缺水，怎麼辦？」

她的問題讓眾人陷入短暫思索。一個朋友苦笑說：「能怎麼辦？只有等著老天消滅我們啦。世界上也不是沒有因環境變化而使某區域的人遷徙或滅絕的紀錄。」

她正色道：「沒錯，這可能就是我們必須在一切作爲之上，必須再加一層的終極認識：我們必須對自然謙卑。我們可以做盡一切理性的事去改善或防範，但最終還是靠天上下雨解決旱災，人類必須承認人力有未逮，人力有時而窮。」

她說的是對的。「人定勝天」從來不是眞理，而是勵志格言。人可以敬天，可以逆天，可以「參贊天地之化育」，但天總是有辦法讓人學到教訓。

失業族的跨國聯盟

有人「吃苦當吃補」如浴火鳳凰，有人就只能吃苦，然後把苦吞下。

曾經我們努力講「出口外銷」，現在我們講「全球化」。但這名詞高喊許久，對絕大多數台灣老百姓，過去只感受到「全球化」帶來消費市場蓬勃自由的好處，卻少能感受全球化也眞的會導致許多人失業、貧窮和社會學所說的「向下流動」。

繼上海專書熱賣後，財經雜誌陸續推出大陸專題報導，只要是有心人都會從這些資訊中看到寶貴的提醒：大陸（政府、市場與人）不可忽視，台灣（政府、市場與人）不可自恃——特別是在個人利害最爲相關的工作機會與職業生涯上，今後數年我們將無可避免地進入高度衝突時代。

時代轉型期，結構性摩擦會釋放出大量能量，有人能從中獲得絕妙機會開創新天地，有人一路受傾軋最後被迫退出戰場。有人「吃苦當吃補」如浴火鳳凰，有人就只能吃苦，然後把苦吞下。

每天上班會經過勞委會所在的大樓，不記得從什麼時候開始，門口勞工抗議代表（加上媒體）幾乎天天出現。我們當然同情惡性關廠下的失業中高年勞工，也贊成政策可以局部凍結外勞將工作機會保留給本勞，但是我們也要傾聽不限於資方的一種輿論：「外勞領的薪水你們要嗎？外勞肯做的工你們要嗎？不用外勞許多建設不是更難推動？工廠跑去大陸或倒閉得不是更快？」

政府可以「做多」，可是企業如果視爲「做空」，他們有腳，他們有壓力，他們會跑，也可以跑。怕的是我們的資方不知道跑向哪裡或腳力已經不夠追上人家，怕的是某些勞方不理會「皮之不存，毛將焉附」，還在向皮要它無法供應的養分。

不分「統」、「獨」或「想保持現狀」的台灣人都應該慶幸：當初這塊寶島躲過共產黨「文化大革命」的執政浩劫，可以比對岸先一步走上（相對說來）民主、自由、均富的道路，躋身開發中國家。八、九十年代可以挾所謂「台灣奇蹟」的資金、技術、人才、管理優勢，進軍大陸市場。

甚至到了世紀交替「全球化」風潮如火如荼，多少外國企業與受薪族必須主動或被動「放眼天下」時，我們竟還有一個近在咫尺、語言相通的廣大區域，可作爲許多台灣人「開始全球化」的舞台。

看看《數位周刊》「工作在中國」特刊報導一個六十歲荷蘭人，博士學位後任職「荷蘭飛利浦公司」，派駐工作地點卻在「西班牙瓜達拉哈拉」，工作到二○○○年他被告知：「飛利浦磁性材料部門被賣給台灣國巨公司」，一個月後他到台北接受新的派令：「去中國東莞爲新公司（飛磁）建廠」——這樣一個看似有點戲劇性、卻對絕大多數台灣上班族陌生的遭遇，很可能是未來的職場常態。

不管你喜不喜歡西班牙、台灣或廣東，不管你的家或朋友在哪裡，不管你的語言通不通，現代上班族在企業「全球化」下也只得訓練自己成爲「根留心中」的新遊牧民族——如果這樣的「全球化」變革對認任何一個普通上班族都算大，非常可以理解對現在中高年上班族（不用說藍領勞工）可能是噩夢，而對現在年輕學生或青壯但終將逐漸老去的上班族，會是二十一世紀不可逆轉、長期存在的「挑戰」與「壓力」。

也就是說，我們都得提醒自己：可以去抗議，可以支持某政黨，可以經常注意人事廣告，可以罵政府罵老闆，但是最基本的心理建設得要做好——沒有人欠我們一個工作；未來的工作可能遠在你意想不到的地方；世界上還有許多你看得見或看不見的人，都可能取代你的職務；再多怨天尤人或call in抗議，你擁有國籍、向你抽稅的政府，極可能無法保證你想要的工作方式、待遇或成就感。

就像新加坡如果沒有足夠內外銷市場扶植起一個「本土電影工業」，新加坡一個喜歡電影或具備偉大電影導演潛力的年輕人，就只得做著去外國念電影當導演的夢；儘管這條路基本上比在本國發展更艱辛，但不然他就只能退而求其次去當電視導演或汽車業務員——這就是現實，和個人天分無關，老抱怨不公平也無濟於事。

在每個人都想有自己的房子、車子、手機、性取向、婚姻自主權的年代，對於用哪種方法取得工作機會和財務報償，恐怕你我都得多自立自強。

廣	告	回	信

台灣北區郵政
管理局登記證
北台字第15949號

235-62
台北縣中和市中正路800號13樓之3

印刻出版有限公司　收

讀者服務部

INK

INK PUBLISHING

讀者服務卡

您買的書是：＿＿＿＿＿＿＿＿

姓名：＿＿＿＿＿＿　性別：□男　□女

生日：＿＿＿年＿＿＿月＿＿＿日

學歷：□國中　□高中　□大專　□研究所（含以上）

職業：□軍　□公　□教育　□商　□農

□服務業　□自由業　□學生　□家管

□製造業　□銷售員　□資訊業　□大衆傳播

□醫藥業　□交通業　□貿易業　□其他＿＿＿＿

郵遞區號：＿＿＿＿

地址：＿＿＿＿＿＿＿＿

電話：（日）＿＿＿＿＿＿（夜）＿＿＿＿＿＿

傳真：＿＿＿＿＿＿

e-mail：＿＿＿＿＿＿＿＿

購買的日期：＿＿＿年＿＿＿月＿＿＿日

購書地點：□書店　□書展　□書報攤　□郵購　□直銷　□贈閱　□其他

您從那裡得知本書：□書店　□報紙　□雜誌　□網路　□親友介紹

□DM傳單　□廣播　□其他

您對於本書建議：

感謝您的惠顧，為了提供更好的服務，請填妥各欄資料，將讀者服務卡直接寄回或傳真本社，我們將隨時提供最新的出版、活動等相關訊息。

讀者服務專線：（02）2228-1626　讀者傳真專線：（02）2228-1598

它是你買的第一本雜誌嗎？

我們也許並沒有自己想像的飢渴。

轟動全島的新雜誌上市的那天，我剛好感冒在家，次日聽說前一天上午十點前搶購一空。

電台同事埋怨：「本來公司有一本，不曉得誰把它帶回家看了？」公司的工讀生興奮道：「我在我同學那邊看到一本耶！」說的好像是劉德華親筆簽名照或是銀行發行的限量紀念金幣。

我是不介意有人借我翻閱或送我一本，可惜沒有。然後周末假期到了，有好多好玩的個人生命活動，我看戲、吃飯、約會、寫作、散步，誰還理會別人的八卦新聞呢？原有的好奇心自然而然淡了下來。

突發奇想：會不會成爲台灣二〇〇一年六月唯一沒看過該雜誌的傳播娛樂圈人士？

出刊前一晚，婉拒上一個電視台通告談這本雜誌，因爲產品都還沒出來，我們要談什麼？不想先入爲主說人家不是，也不想無聊地推波助瀾——難道從各大媒體，該周刊得到的免費公關文宣還不夠多？造勢還不算成功？

許多人到底是在「譴責」它？還是在期待它、幫助它？它到底撩起了多少台灣人的深層欲望？台灣人凝聚了多少自我投射的能量在它身上？是怕它太「勁爆」，還是怕它不夠「勁爆」？

我不假裝清流，只是不願這麼輕易地聞雞起舞。發刊前一兩天在媒體上說話沒用，現在說什麼又眞有用？不想長他人威風，不想拆我們自己民眾後台，可是果眞被該刊物香港老闆料中了——台灣媒體留下的空間太大了！大到創刊就能創下台灣雜誌史銷售最高紀錄，比老字號的《讀者文摘》、《時報周刊》、中生代的《PC home》、《美人誌》都更熱更猛，台灣民眾實在太飢渴地要擁抱這本雜誌了。

這絕對是共業，也絕對是近期台灣內部最有向心力、最團結、最有共識的行動——不分黨派統獨老中青城鄉貧富男女，「我們要狗仔隊！」風塵僕僕出訪的陳總統，聽到人民用腳走到便利商店投票了嗎？

我只希望《時報周刊》、《TVBS周刊》和《獨家報導》，不要心慌手亂地和小老弟拚了，到最後不是輸了市場，而是輸掉台灣整個品味與道德的未來。

我希望媒體今後可以不要每逢周三就瘋了，到處打聽本期該周刊又挖了什麼內幕，提早為它做宣傳追後續，好像當初執政的國民黨每周三開中常會，令媒體那般全神貫注。

我更希望可愛的台灣讀者不必把這本雜誌弄到另一種「造神」的境界。我們已經搶過了麥當勞凱蒂貓，搶過葡式蛋撻，搶過台鐵「永保安康」車票，搶過升值的美金，好歹這次是搶「文化出版物」了，但是，能不能不要只是反映我們的激情與積極在這種雜誌呢？就算「矜持」一下下可不可以？

如果我是該雜誌行銷單位，下一期就算增加印量，還是控制在限額配給，釣足台灣人的胃口，搞到大家都在問：「拜託拜託，你有沒有一本賣我？」「拜託拜託，你看完後借我！我排第十三個。」這樣弄幾個月，台灣人眞的會瘋了，眞的會眼睛充血，頂禮膜拜，好像生命中缺少了那厚厚的一片就不完整。

而實情是：我們沒有不完整，連該刊的總編輯總經理攝影記者都沒有不完整。我們還是可以吃飯、洗澡、開玩笑、冥想，我們都還能好好地生活。我們也許並沒有自己想像的飢渴。

名人的一句話

會說話的人，在險惡的人情山水裡，自能找到自己的方式，凌波獨舞。

有兩句在媒體上讀到的名人語錄，值得玩味。

璩美鳳接受訪問時說：「不知道要多久才叫復原太快？二十年、兩年、兩個月還是兩天？」

費翔出版養生書中說：「不排斥異性或同性之愛，也絕對相信後者能有美好而持久的愛情和性生活。」

關於第一句，如果不是想存心批評，我們應該無言以對。身體受傷的復原，要看就醫環境、病患原先體質和是否有良好的調養而定，輕傷，兩天當然可以；

重傷，二十年後關節可能還隱隱作痛。

璩美鳳受的傷，任何稍有悲憫之心的人，都會承認是前所未有的一種新形態的重傷。她該如何復原？她能不能復原？她該自力或靠尋求別人救助而復原？當她看似復原之後是否眞的復原？後遺症要如何追蹤？這些是關鍵，可是卻也接近無解。

既然無解，已經提出意見或批判的媒體名人，其實都只是在散彈打鳥，低空飛過，無法正視問題的複雜度。

如果我們不會關心其他政客、黑道、唯利是圖的財閥、不求上進的學閥、只會追逐聳動的媒體工作者，心裡有沒有病？到底哪一天復原？「璩美鳳復原」又何勞大家如此「費心」？

至於第二句話，在記者善意維護下，沒有成爲繼續擴大挖掘的題材，可是稍有性別敏感度的人，一定讀出作者呼之欲出的誠意表態。

男同志界，習慣把多數男藝人想成（或捕風捉影成）同性戀者，而靠異性影迷歌迷吃飯的多數男藝人，則對可能的同志標籤避若蛇蠍猛獸。

比起往常男藝人被問到這種話題的「噁心」、「嫌惡」、「激動」狀，近年大概因為東西方同志出櫃者眾，社會寬容度稍微提高，比較禮貌而圓滑（而且能兩面討好）的說法改成：「我不是，可是我有很多同志朋友。」「我覺得同志也沒有什麼不好，可是我不是。」「不排斥和同志作朋友，但如果有人要追求我，無法接受。」

稍微勁爆一點的有天王黎明玩笑道：「以後不知道，可是現在我不是。」當然很可能因為他眞的不是，而且異性緋聞不斷，所以玩笑才開得輕鬆自在。或者像哈林與學友，兩個都結婚做爸爸的人可以在台上對此話題假鳳虛凰嘻笑起鬨。

不像淡出的張國榮被狗仔隊連年報導後才「準公開」自己的「好朋友」（而非具體承認自己是同志），像費翔這樣以「二十年傳奇偶像巨星」之姿，沒被跟拍偷拍或有過往情人跳出「檢舉」，敢主動講出類似的字句，而且不是被報導，是自己一字字寫出成書，實在太讓人佩服。

也許絕大多數女記者、女編輯、女主持人都是費翔迷，她們不想戳破：「那你到底是不是同志？」「你現在的情人是女的還是男的？」「你是雙性戀嗎？」「你嘗試過同性戀嗎？」這些汽球，眞好！各留一步，各取所需，「一個表述，各自解讀」。

從這一點，也許該恭喜費翔和璩美鳳，會說話的人，在險惡的人情山水裡，自能找到自己的方式，凌波獨舞。

地下道狂想事件

這個國家總不能到處都是中看不中用的東西啊。

每天上班經過的地下道，有個令人啼笑皆非的號誌燈：「危險莫入」。不是積水或整修時，在入口處臨時擋起一個木架子或金屬牌子，而是做好一個很正式的、有燈管的號誌燈，正正地裝在入口上方。

「危險莫入」?! 專供行人通行的地下道，應該像公園綠地一樣天天對人開放，什麼時候需要大張旗鼓用到這種功能？我每次要下去的時候，總覺得有絲荒謬，終於在今天累積到一種接近嘲弄的發表欲。

讓我們發揮想像力，在這個隨時可能失業的年頭，爲這塊寂寞牌子的「工作權」盡點心吧！

狀況一：崩塌。這夠危險了吧！不管是施工品質不良或地質劇烈變動，塌都塌了，全倒或半倒都一樣。此路不通。玩完了。如果你不想活埋，請勿隨便參觀廢墟遺址。

狀況二：淹水。這絕對不是新鮮事，如果台北車站都可以變成台北港，這個國家的硬體設備是可以多功能自由轉換的。「今天水位是……」應該增加播音服務或字幕顯示。

狀況三：丐幫。偶爾看到一兩個或坐或臥討錢不奇怪，整條地下道都被盤據了當成丐幫大會或流浪者俱樂部，就大事不妙，失業率可能已經破五。如果看到流浪漢把一家老小都遷入定居，大概已經破七。

狀況四：沙林毒氣或炭疽熱病毒。在家裡瓦斯漏氣都有危險，偌大的地下道充滿毒氣或病菌，一塊小小的告示牌能抵擋住什麼？被地下道上方分隔島的麻雀啄過的小蟲子都死翹翹了！

狀況五：定時炸彈。拆除小組的英勇組員們宣布無能為力，緊急撤離現場，只剩最後幾十秒可以逃生。你視力不夠好嗎？當你走近到可以看清牌子上的字，大概正好該爆炸了。

狀況六：暴露狂、戀童癖、強姦犯。單打獨鬥的時代過去了，現在流行異業結盟，「情欲殘酷大街」的造勢能量驚人。喜歡ＳＭ遊戲的人大概想下去一探究竟吧？

狀況七：政客、政論名嘴和叩應部隊。各電視節目租下地下道當攝影棚錄民意論壇，在一公里外就可以聽到他們「一個謊言，各自表述」的聲音。

狀況八：……

我好期待看到它哪一天眞的亮起來，畢竟花了公帑設計裝置了嘛。這個國家總不能到處都是中看不中用（或不知道怎麼用）的東西啊。

地板下的蟑螂

我當然討厭惡意説謊，但也不支持僞善。

香港報紙果然毒，把涉及搖頭丸事件的藝人形容成「地板下的蟑螂」，平常看不出來，地板一掀開，就都跑出來了。

我很怕蟑螂，但覺得拿這種不爲一般人所喜的昆蟲來比擬原本頗受歡迎的歌手，言重了些——如果因爲服搖頭丸就是地板下的蟑螂，那光我認識的人就有不少蟑螂一族。

如果是說不肯對警方或媒體說實話叫做地板下的蟑螂，那我們社會上政界、商界、警界、學術界、傳播界、工程界的大蟑螂、蟑螂精、萬年蟑螂，會比演藝界少嗎？

我不鼓勵吃搖頭丸或其他迷幻藥物，但是不能不承認社會上各階層借助藥物「放鬆」或「享樂」的人比我想像的多太多。如果這回的主角不是「情歌王子」，不是「新好男人」，這個新聞會做得那麼大？

媒體或某些大眾可能說他過去的形象誤導或欺騙人，所以活該被撻伐，但過去消費者或閱聽人支持他、買他的ＣＤ、看他的表演，有多少人眞的是因爲他的「道德觀」或「私生活表現」，還不是主要被某種歌詞、旋律加他的演唱效果打動？

如果換成一位平時形象就要酷、愛玩、叛逆的年輕偶像被捕，大家是否覺得比較「可以理解」，甚至傾向合理化他的作爲，認爲他需要如此做才能表現他的才華與激情？比如貓王？

我當然討厭惡意說謊，但也不支持僞善。明明有吃禁藥而說沒吃，上節目開記者會道歉和安慰，是一種僞善；可是窮追猛打他的某些唱片封號，認爲「新好男人」或「情歌王子」做出這種事就罪該萬死，同樣是一種濫用裁量權的僞善。

大家難道眞的以爲一個好爸爸就不會貪贓枉法，一個雄才大略的老闆就不會包養女星，一個雄辯滔滔的主持人不會對員工苛刻，一個參加工業總會的大企業家不會每周召妓而還睜眼說瞎話否認？

大家難道眞的認爲會寫作的兩性專家就不可能是大色狼，會快速記憶術的人就不該男扮女裝？號稱喜歡長髮美女、最嫌惡同性戀的肌肉男就眞的不可能是私下當零號的同性戀者？

我無意鼓勵涉及不法的作爲——這是一個不需要特別鼓勵已經夠千奇百怪的社會——只想提醒自己和大家，我們不要這麼狹隘地把看似善良的人當善良，看似正義的人當正義，看似誠實的人當誠實。

我們只能要求自己，更細緻地理解善良、正義與誠實，問問自己：我理解多少？又做出了多少？

對別人的信任要從對自己的信任開始，對別人的明察秋毫要從對自己明察秋毫開始。這樣也許我們看事情的眼界可以寬一些，才能比較不受騙，不管是昨天被某些不實宣傳騙，或者今天被某些流行的輿論騙。

老是被騙的人，很可能就是構成「地板下的蟑螂」的那一大片「地板」啊。
我們自以爲很穩固地支撐著社會，卻遮蓋了最荒謬的眞相。

在有星星的夜晚買彩券

女人開的、旁邊有一棵樹的店，最好有星星的晚上買。

有朋友發現最近推出的安哲逸塔羅占卜語音專線（0951-051234），裡面財富選項有一題「偏財運」，問的是「我該去哪裡買我的幸運彩券？」她按照占卜建議，去「女人開的、旁邊有一棵樹的店，最好有星星的晚上買」，結果中了四星。

這當然可能是巧合，如果要中，在哪裡買都可能中。可是如果不中（這是絕大多數彩券消費者的下場），那麼就算刻意去配合「女人開的、旁邊有一棵樹的店，最好有星星的晚上買」這樣的條件，好像也沒什麼損失。

如果是命運，那麼一個人會打這個專線，聽到這樣的指示，找到這樣的店面，都是命中注定；如果是機率，只要你選的是同一組號碼，在這家或另一家塡號碼單，理論上都不會影響你中獎的機率。

所以，這會是個好的遊戲，如果你不需要因此踏遍大街小巷（其實當成運動也不壞）。至少它提供的是購買地點建議，而非眞正大言不慚的「明牌」。

這可說是我個人的「樂透邏輯」：不迷信也不排斥任何幫助選擇的直覺或資訊。而且，當這個直覺或資訊出現時，我只會花五十元下一注，以示信任與尊重。

很多人和我討論過是否眞能有「明牌」，我個人看法是這件事可分需求與供給兩方面來看。從需求面看，大家想要答案，可是又不眞的相信有答案。每人都有自己想要賭的號碼，管它是自己或親友生日、車牌、作夢、報紙廣告或落葉掉下來的形狀，絕大多數民眾其實寧可賭自己（也許心理學家會說是幼兒期的自戀表現）。

而從供給面看，除非眞有什麼透露祕密的天神（或魔鬼？）要當事人（比如乩童）只能扮演中介者，不能自己藉以牟利，否則我想不出來：爲何知道明牌的人不去偷偷簽注就好，而要把發財的祕密公諸於世？

如果我有一隻金絲雀、一隻白兔、一張桌子或一個碗，能夠告訴我樂透四星以上的號碼，我得承認：我一定每星期二、五在家裡把牠（或它）操個半死不可（想想壞皇后是怎麼折騰「魔鏡」的）。而且事後絕不洩漏我如何做決定。

喂，想想看，全國只有一個人中頭獎和一萬個人中頭獎，拿到的錢會一樣多嗎？

除非，明牌供應者想賺的不是眞的彩金，而是出賣明牌的「資訊費」（嚴格說來是「僞資訊費」），那麼就無所謂了。就像電視上股市解盤的名嘴賺的是會員費，而未必是自己進場的投資利得；或者像前幾年有人笑稱：「拚命教大家投資網路的人都賺到了，眞正做網路的反而沒有。」

既沒有興趣去「瘋」彩券，也沒有力氣去「罵」彩券熱的我，只能提出這麼一點大概還算持平的想法供你參考。

狂歡與偷窺

看到自己不設防的一面，是會有種「認知衝擊」的。

我不了解阿雅，不了解小S，不了解萱萱和陳純甄，甚至不夠了解我自己。

阿雅說，看到照片連自己都被嚇到，我想不只是對於被偷拍被曝光而驚嚇，也包括人看到自己不設防的一面，是會有種「認知衝擊」的。

想想看：如果你在大便時、打手槍時、挖某一小塊特別難挖的鼻屎時、盡情享受愛人愛撫時、在浴室或SPA拍打揉搓臀部橘皮組織時，拍下你某個姿勢、某個表情，就此定格，你以爲你不會被嚇到嗎？

何況，這些照片還要假「讀者知的權利」、「打破偶像假象」之名，行「媒體法西斯」之實，你又作何感想？

你會吶喊：我有納稅啊！我有奉養雙親啊！我看很多書啊！我認眞工作得要死要活啦！我也有氣質的一面啊！我關心動物愛台灣啊！我享受一下、放鬆一下不行嗎？又不是木頭人或人工智慧機器人，我招誰惹誰了呢？

坦白說：我不覺得「名人」或「公眾人物」生活中沒有這一刻，不能有這種隱私，不該有這種抱怨。「名人」有很多種，可能因各種專業方式出名，這不是名人什麼「原罪」，也不必然成爲大眾「偷窺」、「揭人隱私」、「口舌是非」、「幸災樂禍」的藉口。

「名人」如果不是靠「標榜清純」、「出賣色相」或「炒作緋聞」而走紅的話，他們的情欲生活在無涉公眾利益情況下，是該獲得基本尊重與保障。若干媒體明明在商業考量下，以「正義使者」之姿惡炒當事人的戀愛關係、做愛關係或性取向，其實非常邪惡不實。

也就是說：柯林頓在白宮辦公室讓人口交，可能大有問題；小S等人在私人後院「狂歡」，問題就不該那麼大，甚至，要不是被偷拍並報導出來，根本不該是公共問題。

我們不是標榜現代社會的開放與容忍嗎？我們不是正身體力行這個時代所帶給我們的身體自主與情欲自由嗎？我們不是正縱容（甚或歡迎）各種媒體報導或節目暴露的情色圖像、文字和輕浮談話而覺得生活有趣嗎？我們要當聖經中第一個向妓女丟石頭的人嗎？在上帝或佛陀眼中，我們眞有這種資格？

我的一個小小觀察是：會引起這麼大的議論，除了目前尚無實證的嗑藥疑雲，才不是因爲幾個女藝人「形象清新」、「外表清純」，而根本是她們個頭小、看來年幼、彷彿學生（其實近年的綜藝偶像普遍如此「幼態崇拜」），所以一旦風情流露的寫眞照（這才是眞的寫眞照！）曝光，大眾一下子無法接受她們早成年了，她們不是「制服美少女」，她們也會有如此成熟而擁抱情欲的一面——恐怕才是事實關鍵。

其實，小S平日作怪還不多嗎？阿雅不是以「搞笑藝人」而非「公益代言人」起家？范曉萱近年不是甘冒票房下墜爲代價，也要盡情在音樂與生活上做自己？陳純甄除了運動天賦，我們對她的個性知識態度不是一無所知？爲何我們會如此

「震驚」？我們原先的「新聞ＩＱ」到底有多低？

如果台灣充斥著影響公眾利益與國計民生的公眾人物的「偽善與無知」，應該大加聲討與「扒糞」；受眾在一次次名人「桃色危機」裡顯露的對情欲、身體、性別的「偽善與無知」，也該自省了。

受騙老年

不是每瓶酒放久了，都能成爲好酒。

樂透彩券的全國運動中，老人家投注極爲踴躍。近年以通知中獎爲餌的賭金騙局中，受害者也多半是老人家。

從供需角度看，東西賣給需要的人，釣魚去魚多的地方釣。女人和小孩的錢好賺，就會有前仆後繼的貨物與服務想提供給女人和小孩。老人家的錢好賺（騙），當然就有人鎖定銀髮族市場。

更大的可能是：歹徒其實一視同仁，沒有專注某個「分眾市場」，只是老人家上鉤機率高，所以特別搶眼。

爲什麼老人家容易受騙？還是從另一個角度問：老人家爲何還需要一夕致富的憧憬？

有人說：如果社會上多數紅男綠女都想發財，老人家爲何不能？——就像現代性學專家會說人到七老八十還可以（或者還應該？）追求性愛品質——可是大概不會有人說受騙上當是一種應該爭取的「權益」。

如果我們撇開狹隘、概括、無限上綱似的「敬老尊賢」的包袱——事實上我現在正預備這麼做——解謎就變得輕而易舉了。

答案是：老年人不會自動變成智者。時光催人老，可是不是每瓶酒放久了，都能成爲好酒。要成爲天才、豪傑、聖哲，甚至俗稱的「好人」，與年紀從來沒有必然的數學關係。

老人家在詐騙事件中容易上當的心理背景，可能有以下幾點：

其一，經濟不安全感高。多數老人已無賺錢能力，或受兒女供養，或靠積蓄與退休金維生，在財務上通常「只出不進」。因爲擔心未來生病安養或所謂「棺材本」不穩，巨額獎金的確能增加當事人「經濟自主」的信心。

其二，自我意義感低落。老人家一般沒有社會約定的有酬工作，多數人自然容易產生「我沒有用」的懷疑。而這種「自我價值貶損」跟社會上功利思想盛行、普遍以「人能創造的經濟效益」爲「尊敬指數」當然大大有關。

其三，生命意義感缺乏。勵志文章歷久不衰，各式宗教大行其道，可是有多少人眞正「身心安頓」了？年輕或壯年時有太多東西需要儹逐、拚搏，好像很有「意義」，不管成功或失敗，多數人都能感覺「活得帶勁」，等到老邁無事可忙，心卻不知道該「攀緣」些什麼？一個人往回看如果不能肯定自己、感謝老天，往前看死期將屆，當然只有一片空虛。

其四，自認「見多識廣」倚老賣老。所謂「你們小孩懂什麼」、「大人的事你們不要問」、「我吃過的鹽比你們吃過的米還多」這類心態，極容易包裹住一顆審愼明辨的心。某些外人一看即知是騙局的事物，老人家卻因爲自恃經驗豐富反而栽了跟頭。

其五，對社會常識和新知脫節。老人家或因不再有生存競爭的求知壓力，或因主觀強烈只挑喜歡的資訊閱聽，通常都會成爲現代科技社會的「新文盲」。明明是媒體和網路上早就傳得沸沸湯湯的詐騙手法，一到了老人家面前就全成了新鮮事。更別說某些針對新科技發展出的騙局，老人家一看到精美DM上幾個專有名詞或對方號稱的公司來頭，就輕易任憑擺布。

其六，姑且說是「傳統文化的信任與善念」吧。受騙的老人家常有種想法：「我怎麼知道他會眞的騙我？」「我怎麼知道人心會那麼壞？」而一路就著對方的說辭亦步亦趨，甚至明明出現許多疑點，還一味爲對方設想、辯解（所謂心理學上「合理化」的機制啓動）。而現在壯年或青年人大概見到社會亂象多了，對人性黑暗面的免疫力增加，要相信一個人「好」恐怕比相信一個人「壞」更難（不過這時就會出現另外針對這種心理弱點的騙術）。

就算以上幾個特殊因素都齊備，如果沒有以下兩大基本因素成立，人還是很難被騙的。

其一，貪。歸根究柢，如果不想得到一點好處，騙子實在無從下手。不管是獎品或獎金，不管是未上市股票、電話通話費點數或靈骨塔憑證，都因爲煽動了受害人的一線欲求而使一個騙局的「局」得以成立。

其二，怕。因爲怕前面的錢損失了，所以非要跟著對方的要求繼續匯錢，含淚與狼共舞；因爲怕被家人發現或批評，所以自我孤立不跟別人商量檢討，甚至與提出警告的親友爲敵；因爲怕對方「不高興」或吵架，所以不敢在某些重要關頭反駁或拒絕，而成爲歹徒「文攻武嚇」、「時而黑臉時而白臉」交替運作下的犧牲品；因爲怕自己眞成爲一個「笨蛋」，所以硬裝聰明，然後一路到底：因爲怕丟臉或遭報復，所以不肯報案……

當老人家覺得自己手邊有點閒錢能以小搏大，想用意外之財向兒女或親友證明自己的重要，往往就是悲劇的開始。

讓我們深切提醒自己：如果需要愛、尊敬、親密，我們就必須展現出愛、尊敬與親密——那絕對不是可以靠一筆橫財換取得到的。也讓我們如果遇到家裡有老人家受騙上當失財後，多關心他們的精神損失而非金錢損失，他們的「情感負債」而非「理智負債」吧。

我們可以這樣做

不必討論「預言」，重點在我們要怎麼樣的明天。

如果現實中只剩一片「訐譙」，不管你相不相信神祕學（請勿直接以「怪力亂神」代之），聽聽超現實的聲音吧。

一個做美容護膚的老闆前不久跟我感嘆：「才苦一年大家就受不了了，苦十年怎麼辦？」而名星相命理家王中和認爲，如果人心不變，這一波所謂經濟不景氣的調整期，恐怕比一般人想像的會更久。

不但一九九六—二〇〇二年因天王星與海王星會合於寶瓶座，讓世界上五倫關係越趨惡質，二〇〇〇—二〇〇一年又因木星和土星會於雙子座，對衝射手座冥王星，讓人際溝通產生強烈摩擦，內部分裂眾聲雜沓，近期台灣中南部也出現預警式的童謠，直指經過這四年變天後，下一任總統任內台灣會更慘。

不必討論「預言」，重點在我們要怎麼樣的明天。王中和的社會身分被簡單歸類為「算命師」，卻每每語重心長談到身心靈整合，強調太陽系正進入宇宙中的「高頻高能區域」，人的意念與作為，會比以往更直接更容易地在物質世界實踐，所謂「心想事成」，不管好的或壞的，我們的集體意識和潛意識可以主宰改變我們的命運。

但是，我們真的看好這一切嗎？我們真的不是在或多或少地自掘墳墓、自敲喪鐘？我們真的願意檢視內心的邪惡因子而不只是歸咎他人？

我們可以不要動不動就是「訐譙」，可以不要著魔似地隨各台晚間call in節目的二分法民調起舞，可以不在網路上肆意發洩自己都沒想清楚的言論，可以不要把每一個未經證實的「消息」當成「資訊」轉寄出去。

我們可以不要去台北某夜市玩像「抓娃娃機」一般地用機械手「抓龍蝦」、「抓螃蟹」，或者去吃北京某餐廳推出的「三吱餐」生吃小老鼠，聽牠被筷子挾起時吱一聲，蘸醬油時聽牠吱一聲，然後送入口咬牠時再吱一聲。

我們可以少吃點奇特的生物，可以讓動物在被人類果腹前少受點苦，可以不要一而再再而三地鍛鍊自己的冷漠，考驗自己的大膽，我們可以多一點「不忍」。

我們可以與自己的身體更和好地相處，可以不要只是爲了取悅味覺，把東西送入口腔然後挖喉嚨催吐。我們可以更重視自己身體對勞累、熬夜、縱欲的警訊，不要被欲望驅迫地不斷在這本已惡劣的大環境下，更深度地摧殘我們靈魂今生藉以旅行的工具。

我們可以在公車或捷運上讓一下座，讓座並非少數乖乖牌學生或年輕女上班族的權利，讓座是相對性地體恤協助比我們更需要位子的人。我們可以在路上或交通工具上經過別人時，說一聲「借過」或者「對不起」，而不只是磨蹭地、蠻橫地用身體擠開一條路。

我們有嘴，可以發出甜美或令人喜悅、平和、積極的聲音，我們不只是攻擊或抱怨機器。我們可以不只是背誦抄錄電視劇的「經典」對白。

我們可以偶爾關掉電視、收音機、電腦、隨身聽或ＰＤＡ而不焦慮，可以在有固定電話時放心地、安然地暫停用手機，可以不用和大眾傳播媒體或個人通訊工具這麼「親密」，然後開始體會與自己的親密。

我們可以閒得下來，可以忙裡偷閒，可以在剎那間創造永恆，可以在車流中瞥見夕陽或彩虹，可以不再用「忙」這一個字當成降低一切生活品質或「人格品質」的藉口。

我們可以好好地戀愛而不用迷姦、殺人、自殺與性侵害。可以好好地失戀或接受單身狀態，而不否定對方或自己的價值。

我們可以活得更自然也更文明一點，更深刻也更輕鬆一點，更整合又更獨立一點——我們可以活得不那麼四分五裂，找到自己。

我們可以在不景氣中找到退一步的生存之道，可以不浪費力氣懷念過去，不妄想任何簡單的計畫或口號能迅速帶來利多。

我們可以做的事太多了，這篇文章可以無限制寫下去，現在該是人人發揮正面創造意念與行動的時刻了。

預言與謠言

終日陷於恐懼的心是無法安身立命的。

網路在傳台北大地震的「預言」，連中央氣象局都出面駁斥，香港還有報紙刊出消息。

住香港的大姑特地打電話來勸我們一家去廣州「避難」兩周，老爸不爲所動，一向怕地震的老媽倒有點心動。我和妹妹則根本不可能因此請假。

和媽媽笑道：「我還認識一個命理專家說不是六、七月，是二〇〇二年八月開始的一整年都有機會，那請問要怎麼躲？」不過我會先看看這位「專家」預測的六月分會淹大水是否應驗？

網路造謠實在太容易了，隨便拿一個「大師」或「高人」背書，加上一點已經發生的新聞「做證」，最後多一些感性與擔憂，猶豫該不該轉告大家，一封「預言信」就完工了。

刻意危言聳聽的人當然該打，亂造口業；在無知無助的情況下相信，或姑妄聽之地幫忙轉信的大眾，則情有可原——畢竟這本就是無從求證的，一切只有事情發生才能作準——而大家似乎不願自己的親友錯過這重要「警告」。

可是得到「警告」，又能做些什麼？知道人生必死，但無從知道怎麼死法。就算知道有地震來襲，難道要雙腳騰空浮在空中？我們還是得牢牢地被地心引力主宰，還是得住在地表的建築物裡。

這種警告，比較類似爲生活增添一些警醒，提醒我們現有的一切隨時可面臨威脅。如同美國可能被賓拉登攻擊，地球可能被小行星擦撞。國土危脆，諸行無常，末日隨時會來。

然而，終日陷於恐懼的心是無法安身立命的。沒有天災，我們凡人已經夠爲生活、家庭、學業、感情、性、人際關係、錢、自尊煩惱恐懼，只是天災突然把許多恐懼的能量「具象化」了——這會不會是災難片（不管是現實的或科幻的）歷久不衰的心理原因？

更正確地說，我們喜歡看災難片可能不是出於閒閒沒事找刺激，而是出於下意識地、社會集體潛意識地，預言？

我們對於搗毀現有建立起的一些文明，其實很感興趣？我們對自身建立起的「巴別塔」和「索多瑪城」（《聖經》裡面被上帝摧毀的兩座大工程）其實有罪惡感？

和高雄的朋友說：「如果台北眞的發生大地震，說不定比伊朗前些時強震傷亡還更慘，對台灣的影響也難以想像。」我請她爲台北人祈禱，這時候可別再陷入什麼南北對抗的意識形態。

而北京的朋友透過ＩＣＱ說：「我相信好人都會平安，你是好人。」我離眞正的「好人」大概還頗有距離，可是非常感謝她的祝福與看重。這時候也不要爭論「台灣是不是中華人民共和國的一省」了。

我大概有百分之七十不相信，近期台北眞有大地震來臨。可是我還是從這樣的提醒，再次咀嚼生命是什麼？

輯五

荊棘地裡尋訪玫瑰

也許我們個性不合

人啊，沒幾個是完人，當然一輩子都在被人檢視，被人挑剔。

都知道離婚的雙方最喜歡用的理由是「個性不合」，卻沒有幾個人在戀愛中眞的個性多麼投合。

那麼，是一方刻意忽略那不合的部分？或是雙方都「爲了愛」努力忽略？在愛欲與新鮮中，有一些強大的「合」，絕對能擺平那細碎卻堪容忍的「不合」。

也可能，本來個性是合的，但後來有一方變了？留在原地的一方某天忽然醒來，發現找不到原來擁有的，很痛苦；已經變化的一方被繼續要求給予自己已不具備的特質，也很苦。

或者兩個都變了？不是朝向同一個磁場、同一個願景變，當然越來越話不投機，越來越覺得對方「自我」。你抱怨我太功利，我抱怨你太無趣；你說我太交際，我說你太孤僻；當然也會不合。

甚至，明明是同樣的個性、同樣的習慣，只是一方觀看的角度變了，整個好惡也逆轉。當初看他寡言是老實，現在「發現」那是缺乏常識和熱情；當初看她積極有活力，現在「發現」她一心打拚只是膚淺拜物。

人啊，沒幾個是完人，當然一輩子都在被人檢視，被人挑剔。評價絕難始終如一。

一對退休老夫婦，男的負責家事外，喜歡發呆、睡覺；老婆壯心不已，直想抓住最後的餘暉找點生活調劑。如果能各安其位、各尋出路就罷了，偏偏老婆想做的都需要別人陪伴，當然嫌老伴不夠體貼殷勤，整天槁木死灰。

你說誰自私？誰該負責？要求對方向前走一步的人，或者死都不肯向前走半步的人？你該勸男方多學習陪陪太太，還是勸女方算了別再徒勞傷神？

這種問題過去幾十年不存在？當然存在。只是現在兩個人有大把時間，所有問題都清澈地被放大了。兒女長成，只剩老伴，卻發現既無愛情也無默契，像是住在老人院的室友，再不用遮掩多年積壓的嫌惡了。

先生說：「你去看看別人家的夫妻怎麼過？」言下之意現狀雖非最好也比下有餘，平靜已經是福；老婆卻認爲憑什麼不能要求、寄望更好一點的關係？難道只能等死？

除了個性不合，這兩人的人生觀、思考點，哪一點合了？連問題都不獲得共同承認，談何解決方案？

個性不合，說來容易的四個字，卻是折磨許多人一生的苦磨修煉。怕只怕功課未做完，就不耐煩一拍兩散，或駕鶴西歸蒙主寵召了。

你說：那不剛好？省得再耗！我低頭想想：唔，有這麼簡單嗎？我們個性好像有點不合耶。

母與子

委屈沒有求到全，求到更大的撕裂與恨。

兒子和母親長談了一下午。嚴格地說，母親先失控哭訴很久，兒子開導安慰，有時軟語擁抱，有時拍桌提醒。等母親精力恢復些，兩人交談討論，有時稍有契合，大多仍各說各話，最後連看似第三者的兒子也捲入母親生命的創傷宿怨中，棄守，敗走。

母親最大的執著在父親。延伸出去父親的親朋好友同學和同學老婆，都能牽動她的神經，顚覆她的宇宙。母親抱怨屢屢成爲眾人面前受氣笑柄，抱怨父親不會爲自己講話，父親不以自己爲榮，父親在家中心情不定，雖然操持家務但陰晴不定常給臉色。

母親繼續抱怨兒女不需要她，兒女也動輒「衝」她，自己不會與人溝通，沒有朋友可以訴苦，一生做人失敗。她不曉得該怎麼改，質疑自己「是那麼壞的人嗎？」「爲何別人都可以給我臉色看？」「爲何活在別人的情緒中？」

等到兒子提示母親最重要的關卡在：不要再把父親放在生命中那麼重的位置，她做不到。所謂的友誼、子女、興趣問題都可以放在一旁，只有這個男人成爲她一生「失愛」的總象徵。她希望他語氣可以好一點，可以對老伴溫柔一點，可以不要動不動橫眉豎眼，可以接受她的關心而不嫌嘮叨，可以把在外面對別人說的話分一點對自己說，可以多關心她情緒一點。在兒子看來，父親是她的唯一救贖。

但是，都是老人家了。兒子提醒如果這段關係是失敗的，是從他們中年就一路失敗起的，如果他們四十歲沒有達到母親理想的婚姻品質，何苦寄望七十歲的男人能變成自己理想的丈夫？兒子舊話重提鼓勵母親「爲自己多活一點」，母親回答從年輕就覺得人生只是個大問號，她不知道爲什麼而活，而她找到的支柱也都不是支柱，她要的都要不到。把心力寄託在丈夫一人的結果，自欺欺人地過一天算一天，想著：對方下次可能會好一點，明天可能會好一點。委屈沒有求到全，求到更大的撕裂與恨。

如果只和一個人突然發生衝突，可能還檢查不出問題癥結，但母親所有的親戚、同事、朋友、丈夫朋友的關係都常出現摩擦，看來母親也確有問題。可是母親要不無法接受這種分析，認爲「我關心也不行」、「我對人哪點不好」、「好心被當作驢肝肺」；要不就在痛哭中憤世厭世，嚷著自己的失敗：「我沒用！」「我不會跟別人處！」「我活著幹嘛！」

兒子說如果前面二十年、四十年、七十年都失敗了，至少活下去的最後一段歲月，應該努力扳回一城。不見得是能爭取到怨偶的愛或結交許多新朋友，至少該認清自己的盲點和孽緣，在有限範圍內調整自己的個性與應對，至少建立一些內在自尊：相信就算我是孤零零的一個老人，也有我今生學到的功課，我至少擁有過一些什麼，又了悟一些什麼；我在某些事情上失敗了，但我終於找回對自己最基本的愛，找到存在最微小的意義。

不然，回到現實：如果不能恰當地回應或反擊那些（有心或無心）帶來傷害的人，就疏遠吧；不管那是老同事、丈夫的朋友或丈夫。生活明明要相對的兩個人，缺乏交心卻必須交集，當然痛苦，但心理的疏遠不失爲一種「保持距離以策安全」的做法。但顯然，兒子都甘冒中國社會「不孝」的罪嫌這般開導母親，母親卻無能逃出情障，認爲不如一個人搬出去住，慢慢等死，省得可能衝突受氣。

長年的積怨讓任何一樁口角都能牽動半生的罪證，這是老年怨偶的不幸。母親歷數過往的大小委屈，卻自認只要對方肯靠近半步，自己就能一筆勾消歡喜配合，「這還算固執嗎？還不算肯配合嗎？」母親在兒子認爲二老一樣固執的時候反駁。兒子說：「你的固執是放不掉想改變對方。你爲什麼不接受他已經不愛你的事實？爲什麼不能把他就當成一個同住（而又有些怪個性）的鄰居？」青年中年都不肯好好面對內心拙於溝通的男人，上了七十歲，有多少改變的可能？神蹟永遠在，但凡人不能仰賴神蹟而活。

事實上，改變自己就是行神蹟。而萬千父母兒女無法做到、不肯做到或根本不承認這件事是眞理。所有絕望的人想去死，死當然算是一種改變，只是那多麼辜負了我們曾活過的漫漫年月。我們在活的時候不能用新方法，再試一次？哪怕多不符合母親前面一生相信的教養和道理，只要她能找到平靜和自由，兒子支持她的任何做法。可惜，會談在母親惱怒兒女仍誤解她的各種語氣、言行中草草結束，火大的母親繼續守在「你們道理講那麼多，但世界上沒有一個人了解我」的情緒中，兒子棄守、敗走。

必須暫離現場，必須見好就收或者見壞也得收，必須補充能量，必須不失去對母親的祝福，必須，活。

忍耐與發作之間

簡單的訊息傳遞，都往往引來更大的鴻溝。

爲什麼有的人的關心總是令人反感？爲什麼有人又容易把某些人的關心當成不切實際的囉唆？

明明是好意，爲什麼總因爲表達方式惹人不快？明明也曉得對方不是惡意，卻不喜歡對方把自己當成笨蛋，而忍不住反擊？

爲什麼人與人之間連這麼小的事都搞不好？這麼簡單的訊息傳遞，都往往引來更大的鴻溝？

他和老媽的言語衝突經常發生，通常都因爲小到不能再小的事。不曉得是兒子的EQ太低，還是媽媽的表達能力太差？是兒子的地雷區太前面太遼闊，還是媽媽永遠不懂得如何恰當地注意對方的情緒？

他常常想：「率直到底有什麼好？」脫口而出哪裡叫美德？不懂得對方的基本邊界，只顧說出來自己的第一印象和想法，到底算誠實，還是罪過？

他的確是容易被親人激怒的。特別是與母親。他忍不住想去做催眠治療，看看與這個生養他的人有什麼前世過節，他們到底怎麼雞同鴨講。

每次都想不要頂撞長輩，不要橫眉豎目，可到了關頭就是無法緊急剎車。他在別人面前的溫文形象，在母親面前幾乎一點都使不出力。

她就是有辦法在討論任何事情時，沒幾下就把他激怒，或者公平點講，他就眞的那麼無抵擋力，那麼無自制力。

也許就是冤家才又來同一個家，無法逃脫，必須超脫。也許就是拿對方當成無法不面對的功課，人才得以眞正進步。也許對境的這個麻煩人物，正是修行中最好的助伴。

他當然可以繼續纏鬥下去，也相當認命必須纏鬥下去。他當然可以在情緒平撫後，肯定母親作爲砥礪自己品行的偉大條件，可是他還是會嘆氣：怎麼那麼累？能不能不要那麼累？

他眞的覺得自己該整修一番。預約了牙科想診治兩邊齒列的不均衡，讓臉部肌肉平衡一點；預約眼科考慮動近視雷射手術，讓目光精準一點；甚至，眞的也去預約了精神科醫師昂貴的催眠治療，希望能在前世記憶裡感動地覺醒。

至於做完這些事情，他和老媽的溝通關係能不能改善？那眞是天知道了。

我們有真的關係嗎？

要清除幾袋信，就得承受多少倍的回憶重擔。

就知道這是苦差事。要清除幾袋信，就得承受多少倍的回憶重擔——這是現代習於用e-mail的社會漸漸失傳的經驗。

眞的，多年來曾經收到不少讀者、聽眾來函，在近三、四年裡已快速遞減爲個位數，人們已近乎完全不提筆手寫信了，包括我在內。

可是，我現在講的還不是這種反映「票房」或「人氣」的公眾信件，而是來自眞實生活中朋友、師長、家人、情人的信，這代表社會上整個「關係書寫」和問候行爲已經完全轉移到網路和手機簡訊上。所以，所謂過濾清除舊信這件苦差事，是針對「古董」所做的事，主要集中大學、當兵和就業前十年，大概是十八歲到三十四歲左右的舊作吧。

看到有人對我的祝福、鼓勵、開導、支持，也看到別人對我的反駁與自辯。看到字裡行間透露的彼此當時情境，讀書，當兵，出國，考上某公司，離開某公司，出國，回國，戀愛，失戀；看到我在朋友筆下的混亂與規律、熱情與冷靜、眞相與假象；看到別人曾經對我的依賴或疏遠，曾多溫暖默契地當下與我的感慨合一，也曾在多年後爲往事做出不同的解釋。

我更像飄浮在自己上空的靈魂，看到我已然「忘記」許多事，也看到我此刻臨場倒帶的「記取」與「悸動」。

這漫漫幾小時行爲中，最可怕的莫過於用今日之我去逼視昨日之我，原來那麼不討現在的自己（或「超我」？）喜歡！好多封信洩漏的事件與言詞，讓我驚異：這是活在此刻的這一生命體，曾經發散出的能量軌跡？我曾那麼不堪？這些能量都曾對自己與別人產生影響？我忘了，對方是否還記得？又以什麼方式與角度記得？

我沉重不僅因爲「失去」（某些人事物與心境），反而常常是因爲許多「揮之不去」。所謂「成長」，如果不是「冷漠」、「失憶」或「社會化」的代名詞，來得何其緩慢！

多少（至少在某階段）相熟的人，都在信中稱說我「敏感」，也有人直言害怕與我往還，因爲我總讓他們想到太多、冒險得太深，「壓力太大」。也有比我年長的人，反過來向我傾吐他們生活或生命的挫折與恐懼，天知道我那時何德何能，擁有這分信任與機緣去承擔？

而日後也變得年長的我，還又「不自量力」地從創作、廣播、演講、開課乃至現在的塔羅牌生涯諮詢，不斷創造與別人心靈互動的機緣，好像自己腳邊的障礙不夠多，還去荊棘地裡尋訪夢想中的玫瑰！但是，這確實是我對自己生涯的想像，我想從「荊棘地裡尋訪玫瑰」。

敢於叩問自己與別人的心事，敢於辛苦地感性與理性並用，敢於接受生命的混亂與衝擊，無關寂寞與好奇，只是爲了眞正逼視自己，體驗生命，分享學習。

有過一個說法：「他人是地獄」，可是，他人也是天堂。「關係」既是個體無能逃脫的命題，人我也就永遠在二元中對立與對話。克里希那穆提曾說：「我們之所以和一個人有關係，只是因爲這一層關係滿足我們、保護我們。這層關係一旦發生困擾，造成我們不安，我們就要斷絕這一層關係。」明顯地是把調子拉高到要我們檢視：「人的孤立是出於自我的存在。」而一般懷抱堅硬超大自我的人，是無法建立克里希那穆提所謂的「眞正的關係」的。

我當然不是爲了增強或破壞自我才處理舊信的，但是事情還是這樣發生了。我以爲自己經歷了一趟回憶之旅，其實那只是我單方面投射出的眾多旅程的切割畫面。我和所有這些寫過信給我的當事人，並不曾在短暫的幾個鏡頭中交會，我們還是不同的平行線。

儘管如此，不要灰心，不必喪氣。朋友們，所有的平行線在宇宙中是會交會的。儘管克里希那穆提那誠實的討人厭的老先生的話：「看看你自己。……你，你們每一個，多麼難以接近。」此刻，還揮之不去……

姊妹淘的戰爭

越是好友或密友，往往越能逼出我們的不安。

她們是十多年的好友，從同樣拿一萬多薪水的小職員，到兩人都活躍於影視傳播界。她們是共過甘苦的。

但是A覺得這兩年B越來越不對勁，有事沒事都要拿自己當箭靶，而且發作頻率似乎越來越高，而且B似乎渾然不覺。

當別人稱讚A的聰明才智，當別人說「你那個好朋友長得滿漂亮的」，B似乎越來越不能平心靜氣。她在比較什麼？

可想而知，當A最近一分工作的薪水大幅超過B時，B多次不掩飾地表達她

「不能接受」。

這是另一種「玫瑰戰爭」？溫柔、感性的女人與女人所謂「姊妹淘」、「手帕交」，只能共患難，不能共富貴？特別是單方面、相對性的「富貴」？比收入、比外表、比才幹，終極評判標準還要加上比男人、比愛情、比婚姻、比子女？

「不幸」地，曾離過婚的A兩年前遇到個好男人，再嫁了。而B的戀情始終不穩定。

據說，當A的先生知道兩個女人之間怪怪的情緒後，另類安慰A說：「寶貝，別太難過，你們之間最大的問題就是我，我不該娶了你。」

A和B當然不是女同性戀伴侶，可是好友的幸福快樂有時候實在不是自己的安慰——特別是寂寞的時候、生育年齡拉警報的時候、借酒澆愁的時候。

女人的戰爭，在掏心掏肺無話不談的中場休息後，依然得面對各自人性的挑戰。

當A終於向B反應自己的不快，B卻驚訝表示：「你眞會記耶！」「你讓我壓力好大！」「你想那麼多幹嘛啊！」

這一刻，原本傷人的人卻變成叢林裡的小白兔，覺得A咄咄逼人，太會計較。

甚至，當明知B經常會酒後失態的A好心勸她別喝太多，B會當眾孩子氣地抱怨：「我喝酒放鬆一下，還要你批准？」

某個角度，當好友變成「母姊」、變成「教官」，變成各方資源都勝過自己的人，B是無法接受的。儘管她在某個時刻也會知道：對方並沒有惡意，並沒有炫耀，甚至始終關心與支持自己。

好友如情人也如親子，總會牽扯各種親密與對抗。越是好友或密友，往往越能逼出我們的不安，逼我們正視自己生命中的困境。

拜金女的救贖

身邊有這樣一號守護天使，卻不知道是否是眞的救贖？

如果這是宿命，他好像特別容易人財兩失。如果不是，那麼他特別喜歡在感情事件裡做公益。

不只一次為對方失財，曾經還把其中一任女友因偷錢告上法院後和解。朋友都以為他應該會變得明哲保身，不再找那種社會化程度不高、又缺乏經濟基礎的人談戀愛。

結果，他的現任對象又拜金習性堅強，兩年交往中他幾番苦口婆心，灌輸她理財觀念，卻沒什麼大用。

剛認識的時候就知道她愛買名牌愛買首飾，欠了不少錢，曾經勞動爸媽代爲還過不少債。他還以爲她從此會記取教訓。

交往後，她依然故我，無法抗拒物欲。因爲背了太多信用卡循環利息的卡債，爲了省錢，一度每天中午都不吃飯，把身體弄得更差，卻不願看好自己的心。

更驚人的是：這位「女友」根本長期跟人同居，他甘於當第三者。女友的同居者以她會亂花錢爲由，扣留她大部分薪水，只給她微薄的生活費，造成她不斷擴張信用借錢。

當欠款達到上百萬元，不忍看女友信用破產走投無路，他騎士精神般出手了。把自己房屋貸款借給女友，收下對方簽的本票，每月由女方付房貸。

以爲這樣付出已經仁至義盡到一個境界，愛可以爭取到，對方也能徹底學乖、改頭換面，誰想到最近又發現她在短短一年內欠下高額新卡債，剛剛由同居人氣急敗壞地代墊了大部分。

這是怎樣一種輪迴？因爲錢而不能脫身，因爲錢而又欠下新的情——而且是雙分的。

他跟朋友抱怨這次眞的傷了心，想徹底放棄這段感情，順便把錢要回來。可是話裡還是有很多不忍，怕她眞的爲錢斷送前途，甚至連累老家。

朋友忍不住提醒他：如果慢慢淡化爲朋友關係，就不能爲她擔心或付出嗎？如果他這麼有俠義之心，願意陪對方面對經濟與人性上的困境。

至少他該讓感情和金錢部分脫鉤處理。攤牌或結束這種不自然的情侶關係，也算是一種對三方面感情的公平。不然就眞的當成願打願挨的共生結構。

拜金女的內在很可憐，但令人擔心的是：她身邊有這樣一號守護天使，卻不知道是否是眞的救贖？

黑暗與光明

知道並不足夠，還得繼續時時照拂、時時看見、時時對話。

得憂鬱症的朋友跟我說起童年的不快樂，認爲父母小時候沒有給他夠多的愛，讓他永遠不覺得自己做得夠好，過度求完美，是個重要原因。

我相信這是他得病的原因之一，可是這道理無法逆推，因爲還有許多沒有得到父母足夠肯定的孩子，後來沒有得憂鬱症。

就像有不少犯罪的人出身自破碎家庭，但出身破碎家庭的孩子，許多卻仍然突破了自己前半生的局限，變得懂事、自制、奮發向上，最後還把自己當年未得到的愛，加倍給自己的子女。

先天與後天的各種因素交互混雜，很難清楚地歸結於任何一個原因，造成今天的我們。是性格影響了命運，但命運的遭遇也進一步形塑著你我的性格，如螺旋狀繼續纏夾下去。

認清問題癥結當然很好，可是卻不能只去找線索，忽略當下的對治與轉移。發現自己對父母有恨有委屈，發現自己內在的小孩從未長大，期待無保留的接納與呵護——知道並不足夠，還得繼續時時照拂、時時看見、時時對話。

找到癥結而後坐在地上發脾氣掉眼淚，是不夠的。父母逝去，要如何討這筆帳？就算二老依然健在，你要他們做什麼？認錯？醒悟？摸頭？陪笑臉？

如果他們在壯年期不懂得如何愛或者表達愛，年老了，恐怕更多的人是心硬了、體虛了、臉皮更厚了。如果他們從未注意到自己的內在問題，無法做好情緒管理，無法順暢溝通，年老了，恐怕也不必寄望會突然「轉型」、「突破」。

難道我們不知道天下多的是只有生殖資格的父母，而不夠成爲人倫典範的父母嗎？我們自己也極可能如是啊。

人不會突然變「好」，人不會突然變「道德」。人有能力不斷進步，但是都得花力氣。不肯花力氣或者沒有機會被教育要花力氣的人，多半是可悲地隨順著性格的慣性走下去。

而別人的問題終究是別人的，別人對我們造成的影響，卻仍然是我們的——我們要如何走下去呢？

一個朋友告訴我她家庭和樂，兩個讀小學的女兒也在自由的家庭氣氛下，養成自重自愛的樂觀氣質。她從不特別要求她們的成績，只在乎她們的個性，結果兩個女兒不但臉上笑口常開，而且就算偶爾挨罵後，也不會對父母記恨，「常常眼睛裡還噙著淚水，又來跟爸爸媽媽講話了。」朋友笑道。

我幾乎可以看到畫面裡她孩子的「天眞」與「信任」，那種現在少見的美。因爲現在是年輕人動不動就「惱羞成怒」的時代，稍微受了點挫折就覺得自己面子掛不住，心想「你給我記住」的一代。

能自然而然擁有不那麼自我中心、誠實又有彈性的心胸，多麼好啊。

這當然是幸運的一家。同樣開放祥和的家庭，不一定都生養出知所進退的子女，這裡面還是有很大的命運恩寵在其中。

我深深同情朋友罹患了極難根治的憂鬱症——尤其在讀過許佑生新書《晚安，憂鬱》後，對這種身心症有了更多認識——但是，更鼓勵他去看精神科醫師和心理師，好好傾吐童年的黑暗，才能迎向明天的光明。

當伴侶開始修行

這一次，兩人沒有爭吵，反而像是認眞了。

他們前前後後交往十幾年，情欲越來越淡，現在因爲她有心進一步追求宗教修行而分開。

近年來不是沒有提過分手，談多了，身旁朋友都習以爲常。這一次，兩人沒有爭吵，反而像是認眞了。

就是覺得兩個人已經如路人一般。上班之外，她參與宗教團體活動日深，碰面機會越來越少。偶爾在家裡遇到，也沒有共同話題。

同睡一張床，發現雙方日復一日地一點都不想碰觸對方身體。整整兩年無性生活。他們知道是時候了。

可是她似乎沒有搬出去的意思，她覺得他們至少還可以當家人？——反正這樣的疏離不是一天造成，好像也沒有必要愛侶做不成就反目。

理論上他們有兩個房間，她可以搬去住客房，從此變成室友關係。反正他們也不是不能在簡單的日常生活中共處。

甚至如某些朋友建議的：「你要帶新人回家就帶啊，她還會介意嗎？她不是虔心向佛了？」朋友們半開玩笑的想像畫面是民初劇裡，有錢老公另娶二太太，元配在另一間房青燈木魚，大宅院裡還是各安其位的景象。

能嗎？好像也不是不可能，難不成她眞沒有這種雅量還要束縛著他？她已經失去身分了啊。

可是他不能。他沒辦法如朋友建議的把不是配偶的人當朋友、當室友，不是他小氣不讓她暫住或者改付房租，而是他自認在心深處還愛著她。

宗教是起因還是結果，他可能永遠沒辦法找到答案。他想過平常老百姓的日子，她卻另有不屬於紅塵的壯志。同居或婚姻這種立基於延續紅塵世界的契約關係，不能不產生裂縫了。

因爲情深意重，他不能催她搬出去，可是因爲現實的伴侶關係已經瓦解，年過四十的他猝不及防掉進中年失婚的危機中，他迫切感覺自己想要抓住任何一根稻草。

不管對自己或對方是否公平，長久在他身邊示好的一個離過婚的女同事，竟也成爲他願意考慮的新對象。

他看到自己現在的心亂，他不喜歡現在崩裂的自己。可是事情還是得轉下去。

當感情關係中的一方決心修行，另一方也不得不被動開始生命中新的修行。

憤怒連鎖店

愛心和恨意都是能量，慈悲和詛咒也都是能量。

「螳螂捕蟬，黃雀在後」？他狠狠瞪著車下的年輕人時，我也從遠遠的背後狠狠瞪他。

下班公車上，快到人行道邊時，他突然緊急剎車，而且是超猛型的緊急剎車。我兩手都抓著扶杆，人還是往斜前方轉了快九十度。

背後老人家脫口叫道：「夭壽！」車靠邊停了，乘客下。幾秒鐘後，右邊車體發出砰地一響，不知有人踢車廂還是拿石頭砸車，司機大爺重新打開門，對著已經走到人行道的年輕人開罵：「你幹嘛？」

年輕人遠遠回罵：「你開的什麼車？」是剛才站在最前方準備下車，大概也因緊急剎車而最受衝撞的一對情侶。司機繼續罵：「有路況我能不剎車嗎？你耍流氓啊？」

氣氛充滿火藥味。司機眼睛快噴出火，好像緊急剎車差點造成乘客受傷的人不是他，而眼前這個膽敢挑戰他權威的死囝仔，才是罪無可赦的人。

慶幸年輕人雖然頻頻回望，卻沒有再靠過來相罵，但我也活生生見到那司機簡直氣歪的臉，他彷佛苦主，彷佛全世界的不順都集中在他一個人身上，我看見一張很想衝下車教訓人的大臭臉。

他有沒有搞錯呢？雖然我們都沒看到原先使他緊急剎車的那一幕，究竟怎麼回事，但從在最前面等下車的乘客會這麼憤怒看來，這位司機對路況的反應和駕駛訓練顯然還是不及格。

就算眞爲了閃避某個意外而緊急剎車，如果我是司機，第一個念頭一定是擔心造成乘客受傷（駕駛可是有法律責任的），甚至會像反射動作一般內疚，對旁邊幾位乘客說一句：「歹勢！抱歉！要閃那個人……」

這麼不具備起碼ＥＱ的公車司機，竟然橫行在我們的城市中。他當然不是第一個緊急剎車、亂踩油門、對乘客惡言相向、把車子當成對乘客「施暴工具」的惡司機，也不會是最後一個，可是我的難過與憤怒卻仍是新鮮的。

花了一番力氣背下他的車號、公車申訴專線，還有最重要他的代號。我滿心想的是用什麼鏗鏘有力的說辭去檢舉他。當他在車陣中蝸步前進，仍惡毒地轉頭望著右手邊人行道上年輕人的身影，一副「你去死吧」的表情。另一個飄浮在上空的我發現：我也正想這樣詛咒他。

不管我對交通安全或人際關係的理解比他優秀多少，我此時的表現仍是嗔恨作祟。就算我像自認正義感強烈的市民一樣去檢舉了他，他被通知有人投訴，他不會反抗或反駁嗎？他不會幹聲連連地馬上想到自己是倒了哪八輩子楣，這麼辛辛苦苦開車，還遇到這些「刁民」？

他必然合理化自己的委屈，而無法反省自己的粗暴——這幾乎是必然的、命定的，因爲他缺乏智慧。他的脾氣不會只發在那個年輕人身上，他的不體貼也不會只害到幾個乘客。從時間軸來看，他的不健全不理性不會是一天造成，從空間軸看，他衝撞擾亂的不會只是台北這一條車道。

每個人都會影響到別人，能量越大的影響越大。愛心和恨意都是能量，慈悲和詛咒也都是能量。當我用仇視的眼光在背後掃射他，其實我也沒有提供解決之道；一如車上很多無動於衷的公車族，用冷淡把這樁煩人的衝突很快隔絕到自己的世界之外，一樣在解決社會暴力中「缺席」了。

精神科醫師布萊恩．魏斯的新書《前世今生之回到當下》，在附錄裡比較了各大宗教的靈性觀，關於寬恕部分，佛教說：「怨不能止怨，愛才能止怨。」基督教說：「如果你肯原諒別人的過錯，天父也將原諒你。」印度教說：「高貴的心靈是把自己奉獻於：促進他人的平靜與快樂——即使這些人曾傷害他。」

下車後，我忘掉那些和檢舉有關的數字，盡量調勻呼吸，回家。希望寫些東西提醒自己和別人，並練習祝福那憤怒的公車司機。

當感情出現標準差

人際關係裡「恰如其分」的機率偏低。

她和他玩得開心，是旅行中的良伴，也能愉快溝通音樂、書籍和流行。但是，他有很多自己的界線，可以輕易回去自己的世界。

當他離開，她陷入孤獨。覺得對方判若兩人，感覺受傷。她開始懷疑對方是否只在需要她的時候，對她好？

人與人的親密度，本來就沒有定數。一方對另一方黏一點，當然可能會嫌對方不夠熱，不夠殷勤，不體貼。

沒人規定情侶或配偶該怎麼過日子，比較疏離或熱烈也都是一種選擇。但重點在兩個人的選擇是否一致？

無奈我們看到的眞實人生，人際關係裡「恰如其分」的機率偏低，你給出去的不一定是對方要的；你想要得到的，未必是對方有能力給的。

「認識你我已經改變很多了，你難道都沒有發現我的付出？」這是他的委屈（或者辯詞？），她開始多了一些罪惡感，覺得自己可能眞的太黏，可能太「pushy」。

這時候能怎麼辦？

方案一：找一個配合度更高的人，不要再在彼此的標準認定上纏鬥。風險是你可能找不到。

方案二：修改你的標準或期望。他不打電話是正常的，他沒有掏錢請客是正常的，他讓你找不到人乾著急是正常的，他不像其他的男人或你交往過的男友們，是正常的。風險是：你心裡可能無法眞正承受低標準太久，你的「認同」是假的。

方案三：調整情緒閥，別太抓狂或太常抓狂。這和上個方案有些不同。你還是堅持信念認爲兩人應該如何對待，你還是會因對方的「犯規」不高興或受傷，但是，你變得比較「痲木」。你的小風暴會比之前過境得更快，你拿他沒輒，但嘴角可能多了些「不屑」——很像老夫老妻那樣。風險是：你有一天可能恍然發現，你根本不曉得從何時開始，你早就不愛他（她）了。

敏感的人容易受傷是天經地義，可是不代表不敏感或不纖細的人會有比較幸福高尚的人生。問題還是在：你知道自己的選擇嗎？你付得起那個代價？你是笑著、偶爾揶揄自己地，在每次低潮或抓狂過後，挺直往前走去？

加油，我們都需要給自己更多信心和勇氣，才有機會享受到更高品質的情感關係。

也算箴言

有些問題沒有答案是好的，因爲它可能根本就是一個不該被問的問題。

1. 有些不成功的事

有些問題沒有答案是好的，因爲它可能根本就是一個不該被問的問題，問題並不存在。

有些事情沒有機會做到是好的，因爲它很可能根本不該被做，它是上天的旨意，讓這結果顯得像迫害你而其實是保護你。

任何事情都需要水到渠成，其實並沒有意外發生這件事。我們很難認清這一點，都因爲我們的小我作祟。

有些事不能被完成，因爲你的能量還不具足，你所處的能階不足以讓你接觸到可以使這事情完成的一切資源。

有些事需要你的福德力，有些需要你的智慧力。有些僅僅需要你的欲望就能辦到。

有些事所以辦不成，不過是爲了教會你謙遜，也讓算命占卜預測踢到鐵板，讓大家知道：神不是你可以私下掌控的。

2. 有些不聯絡的朋友

有些朋友是不喜歡打擾你的，因爲你過去顯示了你不想被打擾，不管你是否以言說的方式。

有些朋友是瞧不起你的，儘管你不覺得你有什麼得罪他或不如他之處，這是他們自我的運作，和你無關。

有些朋友只是無法接受你的芬芳，他們在你面前感到壓力，你的自我——哪怕是充滿了世俗良善的自我——都會和另一個自我碰撞而造成緊張。

有些朋友，只會在別人問起你時說：「他？熟啊。」而根本不想與你熟稔，不想了解超過他們對你預設的程度。

你的朋友不來找你，可能因為他們都已經被占據了，他們在想到你之前，已經迫不及待地選擇了另一種可以占據他們的方式。

你的朋友最不可能發生的一件事是：他們正在靜心，正在冥想，正在與上主合一地創造——就像這最不可能發生在你身上一樣。

有些朋友只不過發現你沒有提供任何娛樂或實用價值，所以決定與你相忘於江湖。

有些朋友久無音訊，純粹只因為他們，在人生苦海中，已經，滅頂了。

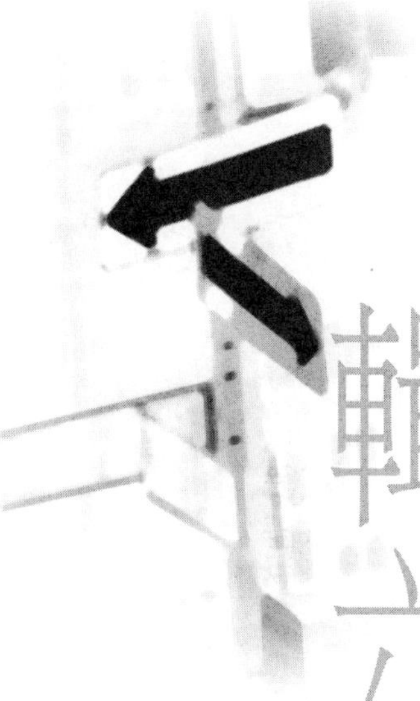

輯六

我們只能創作自己的

她還唱著深情的歌

夢醒了，就是永遠地醒了。

她唱得和以前一樣好，雖沒有更好，但是和以前差不多。作爲一個歌手，到這個年紀，沒有退步，已經看得出夠努力夠自愛。

但是，爲什麼她的唱片不賣了?爲什麼她的歌已引不起大眾特殊的悸動?

實情是：她唱得夠久了，而唱片不賣又已經太久。任何一個人「下去了」，要再爬起來都很困難。靠新鮮感迷惑大眾、靠大眾感性喜愛支持的藝人，失去掌聲後要再獲得光圈更困難。

掌聲早就遠了，媒體早就不在乎她的消息，當年追星的人忘記她的ＣＤ放在家裡哪個角落。捧紅過她的製作人有的工作還忙碌，有的比她更清閒。曾經愛護過她的唱片公司老闆，扛著一大家子員工在風雨中飄搖，曾挖角過她的老闆，則很可能不會再看上她一眼。

可是她還在唱，唱片公司越換越小，工作人員越來越資淺，銷售越來越差，可是她不在乎。或者說，她更在乎出唱片，更在乎一直唱下去。

是生活必須要靠這樣的版稅過活？還是只是不甘心退隱？曾經被男人騙過情騙過錢的她，現在孩子的爹眞的疼惜她嗎？

聽著她的情歌，依然勇於嘗試，可是聲音不再新鮮的結果，聽者也無法再持續移情了。本來情歌是夢，唱情歌的人是幫聽眾造夢的人。夢醒了，就是永遠地醒了。

哪怕心血來潮拿出老唱片，或是在賣場突然聽到一首當年喜歡的歌，頂多我們想起：「不曉得他（她）現在在做什麼？」而不會問更多了。凡人自己的事已經夠多夠煩，無從爲從未眞正走進我們生活的星星垂淚。

但是我還是祝福她，一個曾短暫共事的實力派歌手。今夜除了多聽幾遍你辛苦完成的新唱片，爲你拍拍手，也不能再做更多了。我已是唱片界的局外人，不能幫忙把聚光燈重新打回你的人生舞台。

回憶與歌藝

人就是會老，老到發出拒絕歡樂的氣息，老到忘記青春、盛夏和金秋。

幾乎滿座的民歌和西洋老歌演唱會，觀眾掌聲一波波，年紀從老人家到年輕夫婦帶著稚齡兒童，這是個老少咸宜的回憶祭典。

就像大概是黃大城說的吧：當初唱這些歌的人是年輕的，現在聽這些歌的心是年輕的，所以我們永遠年輕。場中年輕到中年的觀眾樂了。

可是一部分在演唱會市場裡略顯突兀的老人家，沒有上當。他們知道年紀就是年紀，不管唱了多少老歌，從黑膠唱片換成MP3都一樣。人就是會老。

人不但會老，還會老到別人和自己都認不出來，老到發出拒絕歡樂的氣息，老到忘記青春、盛夏和金秋。

他們沒有笑，也少鼓掌打拍子。我懷疑他們爲何會來，這可不是眞正的群星會老歌演唱會啊。難不成主辦單位的上座率有一部分是送票動員來的？

但民歌畢竟有四分之一世紀以上的歷史。我在路上偶遇的高中同學上次見面是二十多年前了。連張雨生都過世近五年。

所以如果把一晚的盛況當成主流、當成常態，以爲在商業機制下大有可爲，可以多加幾場或頻繁舉行，恐怕歌者和主辦單位都會失望。

如果連年紀輕輕的偶像歌手聲勢都可以下降得這麼快，場中個別的歌手哪裡還有空間再掀高潮？

晚會裡有些人的歌藝精湛依舊，有些人退步了，有些人唱起西洋歌明顯不搭調，可是在回憶的氛圍中，一切都能被包容。

而我，雖然跟著哼唱，依然理智得討人厭。我爲眞正好的歌聲振作，爲平庸的表現昏睡，我不是刻意來開「同學會」的。儘管我就是主辦單位最想網羅的

「五年級同學」。

不喜歡常往回望，一大部分原因是我常被回憶中的自己嚇到。不管是日記的紀錄或別人的指證，常有一個我不忍卒睹卻又傾向承認的「自己」存在過，而且糟的是那種質地，很可能現在還在血管裡纏繞。

這種回憶的逼視，常讓我有一種「幾乎白活」了的詫異。之所以說「幾乎」，畢竟是因爲這句話太像八點檔的台詞。如果不太歇斯底里，昨日之我分明不可能是百分百的今日之我，所以，人絕不可能白活——不管什麼人——只是進步有限。

不喜歡沒有進步的我，對於回憶抱著敬而遠之的態度，毋寧是相當正常的了。

殞落的娛樂教父

積極，可是不算貪婪；工作狂，可是維持從容。

彭國華先生走了。以為他和金素梅一樣控制得宜，結果死神還是來得倉促。前一晚為鄧麗君基金會「星願」創作大賽當評審，李壽全才問起彭先生的病情，才感嘆「我們常常忘了和朋友說再見」，第二天中午就傳來噩耗。

忘了說再見？我想與其說是忘了，不如說是刻意。彭先生今年住院後我沒機會再探望他，面見不著，電話不能打，就只有聽到一些「美化」的消息後，偶爾的思念與擔憂。七月剛出新書，循例託他祕書轉交一本給彭先生和小燕姐指正，題字時有半晌不知道該寫什麼好，最後寫了「感謝美好的人生！」

我想，彭先生很可能沒有機會讀到這些字，或者讀到時已沒有心情。美好的人生正走向嚴酷的終點，彭先生準備好了嗎？我不知道，也永遠沒辦法知道。或者，彭先生同意我的話？這句話可以稍稍總結他短暫而精采的一生？

他是戰將，從來都是。我有幸在他麾下受教前後達十三年，時遠時親，但收穫是無法細數的。是他給我第一個漢聲電台廣播單元的主持，又在七年後找我參與籌備飛碟電台，得以從唱片界換跑道到廣播界；是他為我的第一本書《日安・我的愛》出版設想，安排製作黃鶯鶯和鍾鎮濤合唱的同名曲一起造勢；是他在我一九九〇年主持飛碟唱片轉投資的「戰國社生活情報研究所」失利的時候，殷殷關切我是否真想要結束公司。

甚至，我和豐華唱片幾次合作，包括張惠妹的〈愛過你〉歌詞、張雨生政大紀念音樂會主持、費翔的專輯文案和〈飛過世界〉歌詞，都是彭先生親自發稿或交辦，連今年三月黃磊文學音樂專輯出片，預備邀請我擔任座談會主持，都還是他先撥了一通電話來公司，只是沒找到我。那應是他最後一次和我聯繫。

跟彭先生工作有許多好處，可是有一大缺點。他太細了，考慮的細節眾多，每個會議時間拖得很長，許多部下習慣在過了約定時間後一兩個鐘頭都還在外邊等前一攤結束，而理當最累的他卻有本事一逕氣定神閒。彭先生樹立了娛樂圈「有品味的戰將」的標竿，只可惜太操勞，停不下腳步看自己締造的風景，他永遠在親力親爲，在想下一步。

積極，可是不算貪婪；工作狂，可是維持從容。彭先生帶我做過唱片製作、唱片行銷、電影行銷、電台製作、電台行銷、電台管理，打過不少堪稱漂亮的仗，儘管意見不一定一致，可是，容我可能冒昧地說，我心裡是把他當成某種家人的。我是他的子弟兵，他邀我做某些事，我是難以拒絕的。

記得彭先生去年對我剛要開展網路事業時勉勵道：「放心，像我們這種人去做哪個行業，都知道自己能做些什麼的。」但我總對他言語中使用「我們」這個詞感到微微不安，以做事業來說，我在各方面都遠不如他。我甚至不像他那麼樂於當個經營者。

彭先生有藝術家的氣質，可是更厲害的是他能管理「藝人」，讓創意人對他服帖。他很少應酬，說話婉轉，可是卻能讓歌手、導演、詞曲家、製作人、主持人、設計師等自我意識強烈的人種，樂於與他溝通、配合他的布局。彭先生不只一次對我說，他什麼單向才能都比不上別人，可是他有綜合的才能。我想這話裡有很強的自謙與自豪存在。

多年前飛碟唱片與華納音樂合併後，他曾經未正式宣布就突然從總經理寶座消失。而他現在又不告而別了，作為屬下或「小朋友」，恐怕我們永遠都得站在某個界線之外，承受震撼。但是，我想我能理解。彭先生有自己的人生決定。

願您走得順利、滿意、自信。彭先生，才氣縱橫卻極力避免站到第一線曝光的娛樂教父，我多年的老闆及良師，願您安息。

無憂歌手

不看看中國大陸這個年紀的人在拚什麼、在自我要求什麼，恐怕不是好事。

年輕的樂團出唱片。播音間裡，幾個高中年紀的大男孩，自己就玩得很瘋。不只陪同的唱片公司和製作公司的宣傳人員面有倦容，連要訪問他們的主持人，也得跟著他們的步調，回到「無憂年代」。

無厘頭，跟著他們無厘頭。他們不甩權威和老人，不知道你過去的成績或聲名，你也得完全放下身段，只爲製造節目娛樂效果。

不像以前的歌手（好像也並沒有很久以前），遇到主持人畢恭畢敬，認爲你能幫助他們更受歡迎；這兩三年的年輕歌手進電台好像進餐廳，有點把主持人當成服務人員。

就算跟著宣傳人員叫一聲「哥」、「姐」，你也能聽出大部分只是虛應故事，跟叫綽號一樣，並沒有太放在眼裡。

當然，我知道這是權威解體的年代，連總統都一天到晚在媒體被罵臭頭，還在檯面上能發聲的人要想不被「世代交替」，識相點是必須的——其中最重要的包括迎合年輕世代。

二十歲以下的年輕歌手開心、單純、豪氣萬千，可是，我總不大知道他們要怎麼走下去。這麼年輕就活在鎂光燈下，一個個勇於在鏡頭前搔首弄姿、放電或「自我肯定」，但萬一有一天沒有燈光了呢？

演藝界是個怪行業，如果連中央部會的首長下台都要看報紙，而常常不會有當初提拔你的老闆打個電話或拍拍肩膀；歌手、演員或主持人不紅，更不會有人預先來打招呼。何況，出片的新人哪裡會個個都紅？

消費品市場上，每年上市的新產品，絕大多數都陣亡了。百分之九十的新人勇闖星河，都認爲自己的人或歌值得大眾掏錢捧場。剩下的百分之十因爲莫名其妙當上藝人，得失心大概小些。

可惜洗髮精或餅乾失敗了，它不會想自殺，曾經當過「明星」（不管紅不紅）的人如果落魄，卻可能自我懷疑、人格違常或導致憂鬱症。

問他們做宣傳累不累？他們說現在放寒假，本來也很無聊，有宣傳做很好，否則也只是泡網咖。幾個人你一言我一語，都同意放假只要超過一個禮拜就想不出事情幹。

我如果搬出課本或勵志專家的建議問他們：會不會想利用放假時間「練英文（或第二外國語）、研究自己比較差的科目、打工、聽演講、幫忙家事、自助旅行、運動健身，甚至從事一點公益愛心活動」，會不會被「你是怪胎」的眼神活活射死？

什麼時候，傳統一向標榜的價值，在年輕世代的主流意見中已經敬陪末座，甚至棄若敝屣？

年輕世代可以不理會某些歌手或創作人過去的成就，可是不能因此以爲世界都是他的。年輕人的魅力當然在於自信與熱情，可是在唱片公司或經紀公司這些「大人」錯誤包裝下，無知地以爲自己的東西超屌超獨特，大家都該喜歡我支持我，那就是悲劇的開端了。

想唱歌跳舞又能一圓星夢，當然不是壞事，至少證明我們的經濟成熟到可以支持這種商業與工作形態。但是，台灣絕大多數不具備眞正成爲巨星條件的年輕人，如果不看看中國大陸這個年紀的人在拚什麼、在自我要求什麼，恐怕不是好事。

我們只能創作自己的

誠實不只是上策，誠實根本是創作人唯一的路。

他認識但無私交的電影導演，以新作在國外影展備受好評，一掃十年來不得志的痛苦。

但是恭喜裡有一絲嫉妒，這則新聞是眞的嗎？老朋友的新作眞有那麼好嗎？

表面上看，他在嫉妒這個「人」。但再誠實一點看，這個人的好壞，和自己的關連實在不大，他的成就不成爲自己的阻礙。

也許，他嫉妒的對象是「作品」或「創造本身」。我們在擔心自己永遠沒辦法寫出（拍攝、繪畫、製作、主持……）像某人那樣大受歡迎的作品嗎？爲什麼別人能掌握適當的題材，運用適當的技術，加上貴人相助，完成這一次成功的「溝通」？

創作當然是一種溝通。創作人與自我內在主題與形式的溝通、與外在素材、實像、介質的溝通，最後完成了，與欣賞者再詮釋的溝通。

不管是流行文化、商品消費或是嚴肅藝術作品，也不管結果是快樂或遺憾，溝通活動的本質是一致的。

創作人不得志的時候，可能是自己做不出「自我溝通」成功的東西，想到的表達不出來，做出來的不是自己最想要的。

也可能出自「合作溝通」不成功。集體創作藝術中自己的環節沒問題，被其他夥伴拖累或被現實問題干涉（經費、天候、社會因素……），菜就走樣了。

當然，資本主義下創作人不得志的最大原因，很可能是最後一步的「市場溝通」不理想。作品銷售不佳，收入少，地位低，出路差，信心渙散。

只有誠實檢視是哪一層面的溝通出問題，才能眞正接受現實。接受自己的失敗，也接受自己的成功。

問問自己：古往今來，多少一流的創作人眞正出頭了？眞正在生前取得所謂巨大的名利成就？

問問自己：從青澀到成熟，自己多少次創作經驗是得來全不費工夫，多少次又是技巧精準但連自己都無動於衷？

如果肯深入挖掘自己與外在的互動，將會發現：誠實不只是上策，誠實根本是創作人唯一的路。

我們只能創造出靈魂允許自己表達的東西，而且是此時此地願意讓其他人接收的東西。我們無法不誠實地創作，當然也只能誠實地接受創作發表後的結果。

如果誠實，沒有一個創作者是眞正失敗的。

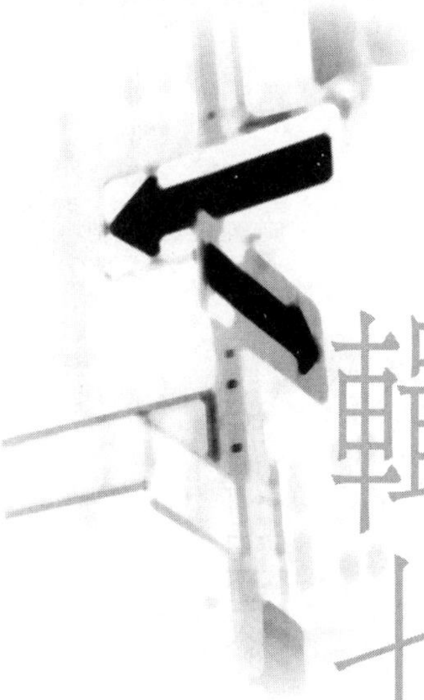

輯七

最後的鑑賞家

旅行與家

你要不要找一程新的路標、一張自己的地圖？

一雙鞋，能走過幾條街？一輩子，能擁有幾次少年？

路，一步步跨出，收不回來，也沒有理由。生而爲人，總要走上一條路，是煙籠十里還是夾岸楊柳，總是自己的風景。從落地到學步，從不曾眞的停止，一道道階梯，一段段上坡下坡，走久了，走順了，也許只是未經風雪——未知，仍然橫在眼前。

如果要省事，低著頭可以順著人潮抵達目的地；可是，有沒有半點不甘？走走，我們小手拉小手——如果別人甩下你走到前面去呢？如果你某一年某一夜，突然發現自己根本不想到那裡去？你要不要找一程新的路標、一張自己的地圖？

但走自己的路眞的困難，也許一片漆黑沒有盡頭；也許需要披荊斬棘的百倍信心。舉目四望，誰能幫助自己？有沒有知音？興奮、緊張、彷徨，盡是路上心情。不管速度與方向，不管行囊與期望，腳步依然不停，走向未知，走向浩瀚。

遠遠地，看到什麼？一堵牆，高大堅厚，擋住去向。怎麼會有牆？爲什麼要有牆？是安全還是屏障？是美的界線還是醜的藩籬？是阻止裡邊的人出來，還是防止外邊的進去？不同的牆，有的森嚴，有的斑駁，有的高聳，有的輕易可翻越。高度不同，給人的風景不同；寬度不同，防範人的程度不同——人心，是如此多樣豐富。

你在這裡，又是帶著怎樣的心情？你準備了多少「宗廟之美、百官之富」，讓別人流連？還是只想像孩子一般，好奇窺看別人的家園？窺看並不壞，想像力與學習力從這裡萌芽，但你能嬉耍到何時？一次兩次，當別人在牆頭插起玻璃片、架上鐵絲網，你是不是就束手無策地離開？

再走吧，上路找新路，找新的途徑可以讓自己走進去，避開鐵絲網和玻璃片。一扇扇門，打開又闔起，一張張臉，探出又閃入。多少張枯槁不快樂的臉，在風中自生自滅，多少冷漠的門，鎖住一生一世。

你想敲門？不怕狼犬、冷眼或嬌嗔？文明的時代，爲什麼還有這許多猜忌和白眼？是社會太富裕，還是太疲憊？敲門的姿勢很悲傷，向人索求有點廉價。還是自己打一把鑰匙？樸素但屬於自己的鑰匙。一把可以找到一扇門相契的鑰匙。拿著它就有了目標，去找一扇門吧，不管是雕花大門或是木扉，人世蒼茫，但求有緣。

找到了門，等一下，在進去的前一刻，再問自己：有沒有心？後不後悔？別誤打誤撞，否則裡面沒有你的席筵。

假設你做了決定，安心進屋來，卸下行李，卻覺得少了些什麼？少了些使自己呼吸更順暢、視線更敞亮的東西——對了，一扇窗！一扇向全世界打招呼的窗。開扇窗吧，讓天風刷進來，灰塵飄進來，市聲溢進來，讓這間屋子活生生的，而又眞眞實實，讓我們同時擁抱污穢的泥土和崇高的希望，讓路過的人，白天獲得一杯茶，夜晚，看到溫暖的光亮。

你開始美化你的家，放一段音樂，掛一幅畫，打掃內在，讓它煥發。積極是一種趣味，學習是遊戲，每個人不都該快快樂樂參與？遵守規定，盡心盡力。

於是，四方友朋接到你的邀請，享受美食和表演。看！多熱鬧，黑鴉鴉地擠滿了小屋，熱情升高了溫度。誰說過的：「沒有愛，何以過冬？」

油彩再厚，總有卸妝的時候；高潮再美，總有浪靜的時候；朋友再好，也有獨處的時候。你把歡樂、汽球、音符撒向人間，收回來的除了滿足，還有沒有些許虛榮？

送走客人，這又是你的世界。你的優點與缺點，誠實地陳列。你是最初的創作家，一路的雕刻家，最後的鑑賞家。你是唯一的排行榜。看看窗子吧，什麼時候變成鏡子，一面一面，像大地的眼。你多久沒照鏡子了？忙著讓別人豔羨，卻忘了好好看自己一眼？

好長好長的一夜，你看著鏡中容顏，看到它的自私怯懦，也看出它可貴的純潔與良善。看它從漆黑轉爲清明，看它從危機裡新生。

背起來時的行李吧！你休息得更久，也經過充電，是上路的時刻。沒有眷戀，只帶走一把信心的劍。

門開處，又有一條路迎接。它將有多長多曲折，不是你所能預測。該走完的終會走完，該喜悅的就不必哭喪著臉，只因為你來過、愛過，找到了生命的泉源。

一雙鞋，能走過幾條街？一輩子，能擁有幾次少年？

——二十三歲時未發表作品

十六歲小魔鬼

只說「對不起」有時候挽回不了任何事。

繼分享二十三歲未發表抒情散文後，再摘錄十六歲一封未寄出的信，絕對「恐怖、爆笑、匪夷所思」。

相信你驚訝我此一舉，請平心靜氣看下去。一開頭，先談談自己。我是個很「感性」的人，這個天性帶來好運，也帶來麻煩，也是你們眼中我「善變」的原因。我喜怒無常，裝瘋賣傻，並非你們所想的「故意賣騷、發臭脾氣、擺架子、做作」，而是內心感受很原始地流露出來。

……這大概是一封你所希望的「官方長信」，所以我要儘快標出本信主旨：

我已厭倦分分合合的小孩遊戲。太多人問我幹嘛交朋友弄得如此難過，終於我想通了，哪怕你再天眞，我希望你能「長大」一點，只說「對不起」有時候挽回不了任何事。請注意：我並不是不原諒你，而是希望你能明白自己曾做錯過什麼，也該負起責任。……我不再希望那種「驚天動地」式的友情，我需要平靜。

當然，我內心依然可能蠢動，想親近你、討好你，談天說地，嘻嘻哈哈，但現在，我可能理智多於感情了，知道「重歸舊好」會帶來什麼結果。關於這一點我是有把握的，試問：你能容許我「故弄姿態」嗎？你能看得慣我和別人開「阿貓阿狗」式的玩笑嗎？你能在小處令我高興而感謝？你能收斂一下傲氣（對不起，你雖口口聲聲說你不傲，卻誰都看得出來你說「用屁股想都知道」時眼中奇異的光芒），你能不一天到晚板著臉，學著去找快樂？

一口氣問你這麼多，希望未傷到你的自尊或自卑。不過我倒是只有很小很小的愧疚，因爲這些我都做到了。我無意逼你去做或強迫你來適應我，只是叫你反省反省做人是不是很差勁？你一定是寵壞了的孩子，這裡不是說你家庭環境好，而是指你的思想性情被慣壞了。你養成自負、小心眼、冷漠等壞脾氣（也許有些你沒有，畢竟我「不很了解你」），這些都足以令人看低你。

我寫這封信不是教訓你，愛聽不聽隨便，我只是表明立場，現在的我和上學期不同。並非我想一刀兩斷，只是不願再接受你的「對不起」了。或許你是對不起我，但我不很計較了，因爲你在某方面實在很幼稚（我無意刺傷你，只是比較坦白），而你的善變似乎不下於我，再交往下去一定會鬧成「無趣」。

……最後，想知道你的反應。你若覺得欺人太甚，大可把信撕掉，如果覺得還有價值，我是不會那麼「狠」的，動不動發出斷交書。過去的都算了，也許我們仍能做一個普通朋友，「買賣不成仁義在」，希望你有大一些的肚量，忘掉這碼「從頭錯到尾」的事（因爲我也正努力忘掉），去尋自己的快樂吧。好聚（好像沒有過），也當好散（結局尚未知）。

……我知道要下決心很困難，但我的內心比外表更剛強。還是祝你快樂，並希望你看得懂。

二十三年前的兒童節，我寫的一封幼稚無比、狂妄非常、自尋煩惱也給人煩惱的信。不怕羞地把它暴露出來，像看別人的蠢事一樣看待，而且發笑，然後轉爲苦笑。現在的我，早多了嘲弄自己的胸襟，多了承認愚蠢的清醒。可是，要沒有眼前的「證據」，我怎會徹底地嘲弄與承認而不加修飾？

看吧，一個「渴愛」而變得一點都不「可愛」的高中生，幾乎在「操控」自己與對方的每一個台詞，「詮釋」每一個動機，把一段「友誼」弄得歇斯底里，還像法官一樣自命公平神聖，自己的濫情與情緒化就叫「感性」，別人就叫「被慣壞」，咄咄逼人，捕風捉影，做賊喊抓賊，莫此爲甚。

可是，任何比當時的我聰明或年長的人，都會看出：這個小孩沒那麼壞。「他」太心急了，「他」的缺點太顯而易見，因此少了許多陰謀或陰鬱。「他」其實不難搞定。那種逞強、示威、誇大的語氣躍然紙上，只是怕被傷害，所以先發制人。

大概沒有太多年，我就變得比較沒那麼討人厭，再過一些年，我不再對朋友那麼「苛求」與「煩擾」，轉而肆虐「情人」或「準情人」們。終於，大家都不會

（？）再用信中透露的那麼負面的字眼形容我（什麼「故意賣騷、發臭脾氣、擺架子、做作」），我「馴化」了、「學乖」了、「進步」了。老天萬歲！

從野獸通往天使之路，還很漫長。可是我們都從這封信中得到好多希望吧？

刺蝟青年

企圖建立「自我」疆界之際，卻不免傷害別人。

戰爭一觸即發，文明悲歌響起，人如螻蟻，天下多事，陳樂融沉入「時光之井」，繼續「考古熱」的第三次自我窺祕。

這次的舊作是一封沒寫完、沒寄出的信，對象是素負盛名的大眾心理學家，時間可能是我高中畢業的暑假。背景應該是我發過一封信求見這位名人，而在對方回信後提筆的。

必須提醒的是：這仍然是一段獻醜的文字，也許你會爲我感到難爲情，沒關係，我早已先懺悔過了。

很高興您在很短的時間內回信給我。但由於我對您來說全然陌生，爲了能使我們在見面時更有效地溝通，有些話最好先以信代話，讓您多一些了解。

首先，我先解釋一下與您交往的心態。基本上，我不是把您單純當作一個「心理問題諮詢者」，而更希望與您爲友。希望您能在您的學術領域內給我指教，在人生旅途上給我建議與規勸。同時，我也希望自己能帶給您一些更「年輕」的青年人的訊息。

現在想來，我這些年來培養出近似於「老年取向」、但絕非「權威取向」的態度，所以，我自以爲很尊重值得尊重的人，我常會被他們的精神打動；但一旦他們在別的方面並不令我欽服，我絕不會貿貿然「全盤」地仰慕他們。

我內心一直渴盼「師道」的美事，願意在學問上尊敬他們，在生活上卻寧願這些比我大不了多少的人，把我當一個小弟弟，以平等的精神待我。一度我曾沮喪：「忘年之交」是不可得的。只要離了學校，所謂的「社會經驗」便成了彼此間最大的迷霧。再加上若對方思想一再變遷，想再在心理上對小輩絕對平等，已非人力所及了吧？

當然，要重新培養默契，進而交流提攜（雙向的），並非絕不可能，完全因人而定，視情勢而定。我現在仍有如許的樂觀。……

信未完，我的冷汗已經直冒。好傢伙，還好沒寫下去，還好沒寄出。我完全不記得當年後來到底拜見過這位心理學博士沒有，只知道現在的我如果收到陌生人這樣的信，一定懶得見他（甚至很想踹他兩腳？）了。

顯然，我很看重這些成年名人對我的評價與接納。語氣中洩漏出一種飢渴的熱情，又生怕暴露在對方眼中只是一種「追星崇拜」、「文化美容」。我不想被看不起，又怕眞見面之後我會失望，可能看不起對方。

我文中不但間接「恫嚇」對方，暗示他可能不是一個「値得我尊重的人」，又厚臉皮地強調我不是一個「只要不給」的人，會給他一些「年輕訊息」，還有雙向的「交流提攜」！唉呀，就算這可能發生，但預先由小輩說出來，不是有點欺人太甚又杞人憂天？

我自稱沒有「權威取向」，其實不折不扣還是「權威取向下的反權威」。我的看似獨立批判其實多麼陳舊而無力。我們對父母、師長失去權威下的信任，轉而質疑一切的「青年導師」、「精神領袖」，這是標準青春期的雙面爭戰，企圖建立「自我」疆界之際，卻不免傷害別人。

這麼多年，我也因爲歌詞、書、廣播、戲劇、網路的作品，成爲不少陌生大眾交付心事的對象，我也看過一些看似想「接近、呼應」卻令人感覺「討厭、驕傲」的來信，可是，我更在自省中了解：這種因爲想自保而難免帶刺的「刺蝟心」，我也有過。

當年的心理學家顯然沒有給我這十八歲陌生男孩太好的「建議與規勸」，也未能「與我爲友」（這是幾乎命定的），現在，我藉這篇「以身試法」的文章，懶惰地，給了有緣的人。

你的每個想法正在決定你的人生

我們的樂觀與悲觀一樣頑強，只是不復二十歲時的清爽。

以語絲形式寫作的《20歲不可不知，因為你正處於無限可能的起點》是我的第十八本著作。

為了寫序翻找大學時的日記，意外地，發現二十歲那年的我，荒廢了兩年，到大四下才恢復寫日記。

二十歲生日前一個多月，中斷期前最後一篇我寫道：「十點多去滔滔社，遇葉啓信等人在準備辯論賽，中午和白隊共進午餐。去汪仁玠處取《鳳凰樹文學獎決選作品集》，頗失望。下午測量課一直處於燥熱、內疚兼不滿的情緒中，十分疲累。」

雖然完全像是看別人的事一樣忘得乾乾淨淨，仍有點震驚——爲什麼一連看到好幾個負面能量的字眼呢？這不是快樂、積極、聰明、正向思考、有意思的一天啊。

幾秒鐘後慢慢接受——這大概就是我的二十歲。我不快樂的大二。不快樂的我眼中看出去的世界。就是那麼混濁、焦慮與錯置；就是那麼不美。

終於想起：那時候，我在好多面向的前途上寸步難行，無法抉擇，無力可施，讓從小自認順遂的我，感覺被徹底「困住」了。

那個「我」，現在還在體內嗎？那個「我」，有充分被體會與疼惜了嗎？那個「我」，有被治癒了嗎？

二十歲左右，可以煩長相、家境、親情、學業、愛情、性、人際、友誼、錢、創作，也可以一路煩到國家大事、世界和平。從敏感的眼、澎湃的心、迅速的手腳叩問出去，很容易疑惑或驚嘆：「這是個什麼樣的世界？迎接我的是什麼樣的命運？爲什麼？」

而天地不仁，宇宙寂寂，生命並無題庫。二十歲其實在煩一切的「認同」與「信仰」。一代代年輕人在找神，也在找自己；在一遍遍膜拜他者與自己，又懷疑他者與自己——他者可以是任何人、物質、偶像或觀念。

二十歲在結構與解構的矛盾中——一會兒以爲人生很長，自己是才剛買票進場的觀眾，有權不知道全部的規矩；一會兒又以爲自己是宇宙的中心、戲劇的菁華，再往下都是不堪看、不配活的年紀，青春多好？造反有理！

二十歲的人生實在就是這麼可愛又可笑的人生，一邊做自己和別人的暴君，一邊從每一個小細節愛自己、充塡自己，甚至哄騙自己——明天會更好，或者明天再也不會改變了。

我很高興自己留下這些日記，才能看到當年的愚蠢，也看到三十歲時依然不長進，而且很顯然到四十歲也不會開悟的心。

而這一切還是多麼美好啊。我們匍伏前進，偶爾縱情歡笑地踏步飛躍，渾然不管四周隨時可能發作的槍林彈雨。我們的樂觀與悲觀一樣頑強，只是不復二十歲時的清爽。

三十歲的我，出版過書信體散文集《用青春追夢的人》，寫給一個虛擬的高中畢業生阿風，談到接納與洞悉自己的艱辛：「最苦的是開始，正如同最難纏的對手是自己——我和他常在狹路相逢，時而相互威脅，時而彼此挽留。奇怪的是，當我們愈怒目相望，那山澗愈顯得澎湃洶湧，山路也變得愈加狹隘；而當我們在誠懇中苦笑，終致肯互視眼光的一剎那，那路徑卻彷彿盡可由我倆歡歡喜喜地度過，一點也沒有恐怖。」

直到現在，我仍被這段描述打動，因爲也許自己都遺忘了曾有的體悟。我們追逐社會的脈動，受同儕、家庭、學校、媒體、網路的驅策，活得好忙，有時好無聊，但是都沒辦法和心底的那個小人兒共處。

而被長期忽略的內在小孩，終究會在某一天以某種方式提醒你：他（她）太累了，煩了，走不動了。他（她）要哭出自己的眼淚，吶喊自己的天堂，不管學歷、地位、性別、性取向、種族、收入、年紀。

二十歲眞的無比年輕，值得愼重地開始；二十歲也並不年輕了，我們竟已完成肉體和人格的初步發育。我們正在夢與現實的分歧點，要決定自己如何啓動下一波的革命，要選擇變得多麼偉大、有趣、自由與豐盈。

親愛的朋友，這實在不是只寫給二十歲讀者看的一本書啊。

POINT 005 向某些自己道別

作　　者　陳樂融
發 行 人　張書銘
社　　長　初安民
責任編輯　高慧瑩
美術編輯　許秋山
校　　對　楊宗潤　高慧瑩　陳樂融
出　　版　INK印刻出版有限公司
台北縣中和市中正路800號13樓之3
電話：02-22281626
傳真：02-22281598
e-mail：ink.book@msa.hinet.net
法律顧問　漢全國際法律事務所
林春金律師
總 經 銷　成陽出版股份有限公司
訂購電話：02-26688242
訂購傳真：02-26688743
http://www.sudu.cc
郵政劃撥　19000691　成陽出版股份有限公司
印　　刷　海王印刷事業股份有限公司
出版日期　2003年3月　初版
定　　價　220元
ISBN 986-7810-37-6

Copyright © 2003 by Lo-jung Chen
Published by INK Publishing Co., Ltd.
All Rights Reserved

Printed in Taiwan

版權所有・翻印必究
本書如有破損、缺頁或裝訂錯誤，請寄回本社更換

國家圖書館出版品預行編目資料

向某些自己道別／陳樂融著. --初版，--
臺北縣中和市：INK印刻，2003〔民92〕
面；　公分--（Point；5）

ISBN 986-7810-37-6(平裝)
1.論叢與雜著

078　　92002004

K INK INK INK INK INK INK IN
INK INK INK INK INK INK INK
K INK INK INK INK INK INK IN
INK INK INK INK INK INK INK
K INK INK INK INK INK INK IN
INK INK INK INK INK INK INK
K INK INK INK INK INK INK IN
INK INK INK INK INK INK INK
K INK INK INK INK INK INK IN
INK INK INK INK INK INK INK
K INK INK INK INK INK INK IN
INK INK INK INK INK INK INK
K INK INK INK INK INK INK IN
INK INK INK INK INK INK INK
K INK INK INK INK INK INK IN
INK INK INK INK INK INK INK
K INK INK INK INK INK INK IN
INK INK INK INK INK INK INK
K INK INK INK INK INK INK IN
INK INK INK INK INK INK INK
K INK INK INK INK INK INK IN
INK INK INK INK INK INK INK
K INK INK INK INK INK INK IN
INK INK INK INK INK INK INK
K INK INK INK INK INK INK IN
INK INK INK INK INK INK INK
K INK INK INK INK INK INK IN